KB078249

괴물
포식자

괴물 포식자 6

철순 장편소설

초판 1쇄 찍은 날 § 2016년 9월 7일
초판 1쇄 펴낸 날 § 2016년 9월 14일

지은이 § 철순
펴낸이 § 서경석

편집책임 § 조현우

펴낸곳 § 도서출판 청어람
등록번호 § 제387-1999-000006호
등록일자 § 1999. 5. 31
어람번호 § 제1-2519호

주소 § 경기도 부천시 원미구 부일로 483번길 40 서경B/D 3F (우) 14640
전화 § 032-656-4452 팩스 § 032-656-4453
http://www.chungeoram.com
E-mail § chungeorambook@daum.net

ISBN 979-11-04-90960-3 04810
ISBN 979-11-04-90817-0 (세트)

6

괴물
포식자

철순 장편소설

도서출판
청람

FUSION FANTASTIC STORY

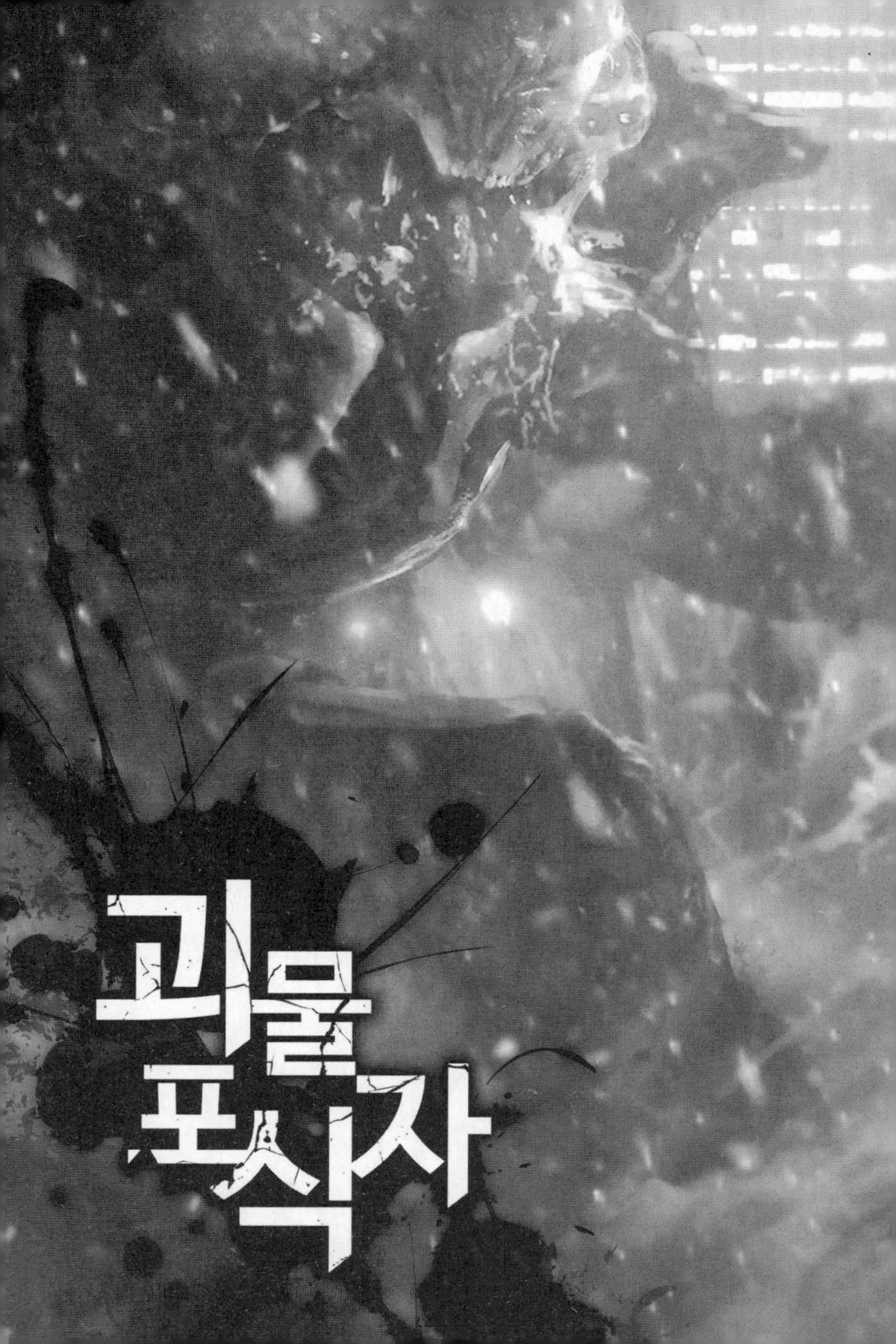
괴물
포식자

Contents

제1장

헤르메스의 제안II

호텔에 들어온 이들은 호텔의 스위트룸이 있는 층을 통째로 빌리고서 하루를 통으로 쉬었다.

그사이 고르곤의 시체 처리 문제나 일본 정부의 면담 요청, 여러 방송사들의 인터뷰 요청 등이 있긴 했지만 어지간한 것들은 더 가드 선에서 정리되었다.

홍서현은 아직까지도 정신을 차리지 못하고 있었다.

아무리 가이아의 사제라지만 신이 몸을 빌려 직접 이야기한 여파가 큰 듯했다.

의사를 불러 이야기해 봤지만 큰 문제가 있는 게 아니라,

과로로 인해 잠이 든 것이라 했다.

홍서현에게 간병인을 붙여 침실에 둔 뒤 다른 이들은 거실에 모여 이리저리 널브러져 있었다.

"이번에 우리 얼마나 벌었어요?"

소파에 늘어져 있던 김민희의 물음이었다.

다들 별 관심 없는 듯 고개를 돌리고 있었지만 귀는 쫑긋 세우고 있었다. 그 모습에 미소를 흘린 윤태수가 말했다.

"강남에 빌딩 한 채씩은 벌었지."

"…다 합쳐서요?"

"한 명당."

"말도 안 돼."

"고르곤이 얼마나 강한지 봤잖아. 게다가 제일 처음으로 등장한 그레이트 화이트 홀의 보스 몬스터야. 피부나 뿔, 뼈는 아이템 제작용으로 팔고 남은 모든 걸 연구 재료로 사갈 거다. 아마 같은 무게의 금만큼은 벌겠지."

마지막 말에 김민희를 비롯한 이들의 턱이 떡 벌어졌다.

"톤 단위의 금이라……."

상상이 가질 않는다.

김민희는 행복한 상상에 빠졌는지 천장을 보며 눈을 반짝이고 있었다. 다들 상상의 늪에 빠진 사이, 윤태수가 신혁돈을 바라보았다.

이번 전투에서 도시락의 활약이 적지 않았기에 신혁돈이 사료를 사주었고, 도시락은 신혁돈의 허벅지에 앉아 신혁돈 손에 올려져 있는 사료를 주워 먹고 있었다.

그 모습을 바라보던 윤태수가 말했다.

"더 가드 길드 마스터 눈빛 보셨습니까?"

"왜?"

"거의 형님 동상이라도 만들 기세던데 말입니다."

"아서라."

윤태수는 흐흐 웃으며 말을 받았다.

"이번 일로 전 세계의 모든 사람들이 저희를 새롭게 보고 있습니다. 그냥 '강한 놈들인가 보다' 하는 시선에서 '무지막지하게 강한 놈들이구나' 하고 말입니다."

신혁돈이 의도한 것이 바로 그것이었고, 그의 바람대로 이루어졌다.

가장 큰 공을 세운 것은 그들의 몸에 붙어 있던 카메라가 찍은 영상이었다.

"더 가드가 편집한 영상 한 번 보시겠습니까?"

"예."

대답은 엉뚱한 곳에서 나왔다. 어느새 일어선 이남정이 윤태수에게 가까이 오며 대답한 것이다.

더 가드에게 부탁한 영상 편집은 당일에 두 가지 버전으로 완성되었다.

하나는 일반인들에게 공개하기 위해 만들어진 버전으로써 겉멋이 잔뜩 들어가 있으며, 마치 한 편의 영화처럼 제작된 것이었다.

다른 하나는 각자의 화면을 그대로 틀어놓고, 보기 편하도록 편집한 통짜 영상이었다. 이것은 다른 길드들에게 판매하기 위해 만든 것이었다.

"전력이 유출될 만한 장면들은 빼라고 했습니다. 예를 들면… 형님이 민희 손가락 부수는 장면 같은 거."

윤태수의 말에 그때가 생각났는지 김민희가 몸을 부르르 떨었다.

당시 상황을 모르는 이들이 김민희에게 물었고, 김민희가 당시의 상황을 설명해 주었다.

그러자 이서윤 또한 몸을 부르르 떨었다.

"아무리 재생된다지만… 으, 지금은 괜찮아?"

그전에 허리가 동강 났다는 것보다 손가락 조금 부서진 걸 걱정하는 아이러니에 김민희는 웃음을 흘리며 답했다.

"지금은 괜찮아요."

"그럼 일반인 공개용 영상부터 봅시다. 일단 이건 동영상 사이트에 공개된 영상이고, 공개된 지는 13시간이 지났습니다."

윤태수가 TV에 태블릿 PC를 연결해 영상을 재생했다.

영상의 시작은 텐구들이 죽는 장면에서 시작되었다.

그 모습을 본 신혁돈의 얼굴이 굳는 게 클로즈업되었고, 그의 무표정이 마치 죽음을 안타까워하는 것처럼 보여졌다.

그 모습을 본 고준영이 중얼거렸다.

"카메라에 포토샵 기능도 있나? 형님 얼굴이 아닌데 저거."

"그러게요… 혁돈 씨, 화면발 잘 받네."

이서윤 또한 고개를 끄덕이며 영상 속 신혁돈의 얼굴과 지금의 얼굴을 번갈아 보았다.

평소에 볼 때는 잘생겼다는 생각을 해본 적이 없는 얼굴인데, 영상으로 보자니 어지간한 영화배우와 견줄 만큼 잘생겼다.

"…저거, 사기 아니야?"

백종화의 물음에 윤태수는 어깨를 으쓱였다.

잡담을 하는 사이 모든 텐구가 죽고 신혁돈이 뛰어내려 전투를 시작했다.

그 장면을 다각도에서 보여주자 꽤나 멋진 장면이 나왔고, 고르곤의 공격을 피하거나, 공격을 하는 장면은 여러 카메라를 통해 반복해 보여주며 영화 같은 연출을 보여주었다.

특히 신혁돈이 고르곤의 입으로 돌진하는 장면은 거의 열댓 번을 보여주었다.

"크… 내가 여자라도 반하겠네."

이남정의 말에 다른 이들이 헛웃음을 터뜨렸다.

고르곤이 죽는 것으로 영상이 끝나고 하나의 문장이 떠올랐다.

'이 영상은 0.1%의 CG도 사용되지 않았으며, 패러독스의 길드원들이 직접 촬영한 영상만을 편집한 영상입니다.'

"잘 만들었네."

"홍보용으로 아주 죽여줍니다."

"반응은?"

"전 세계가 난리지 말입니다."

윤태수가 동영상 사이트에 달린 댓글들과 조회 수를 보여 주었다.

"12시간 만에 1억 뷰가 넘었고 댓글만 천만 개가 넘어갑니다."

"이제 텐구처럼 날뛰는 놈들은 없겠네요."

"그렇지."

영상들을 살피며 잡담을 나누는 사이 해가 졌고, 밤이 되었다.

"출출한데 밥이나 먹으러 갑시다."

그때 방에 놓인 전화기가 울렸고, 모두의 시선이 전화기로 향했다. 가장 가까이 있던 고준영이 수화기를 들며 말했다.

"누구십니까?"

―헤르메스!

"형님, 헤르메스랍니다."

고준영의 말에 신혁돈이 전화를 받으며 말했다.

"신혁돈이다."

―호텔 1층이야. 저녁 아직이지? 같이 먹자. 회 좋아하나? 내가 일본에 올 때마다 가는 횟집이 있는데 거기 가서 먹자.

한마디면 될 말을 쓸데없이 늘리는 버릇이 있는 사내다. 만약 진실의 눈 수장이 아니었다면 대화조차 나누고 싶지 않은 타입.

신혁돈은 혀를 한 번 찬 뒤 대답했다.

"지금 내려가지."

신혁돈이 전화를 끊자 백종화가 물었다.

"나가십니까?"

"그래, 쉬고 있어라."

"다녀오십쇼."

*　　　　*　　　　*

진실의 눈의 수장.

바람 술사, 윈드 로드, 풍운아, 반항아.

전부 저번 삶의 헤르메스를 지칭하는 말이었다.

'시끄럽군.'

하지만 신혁돈의 앞에서는 그저 말 많은 사내일 뿐이었다.

헤르메스를 만나 차를 타고 횟집으로 이동하는 내내 그의 입은 쉬지 않았다.

그가 본 신혁돈의 무용부터 시작해 동영상이 어쨌느니, 더 가드에게 신혁돈의 개인 영상을 얼마 주고 샀는데, 그만한 가치가 있었다느니 자질구레한 모든 것을 이야기했다.

신혁돈은 단 한 번도 대답을 하지 않았는데도 불구하고 말이다.

곧 횟집에 도착하고 두 사람은 다다미가 깔린 방으로 안내를 받았다.

"조용하게 이야기를 나누기 좋은 곳이지?"

"너 때문에 불가능할 것 같군."

농담이라 생각했는지 헤르메스는 턱까지 오는 금발을 쓸어 올리며 껄껄 웃었다.

"자, 그래, 내가 먼저 이야기할까? 아니면?"

"내가 먼저 하지."

"그래."

"첫째, 신화와 가이아는 무슨 관계지?"

신혁돈의 말에 헤르메스가 알 수 없는 미소를 지으며 대답했다.

"무슨 관계라… 그것까진 몰라. 하지만 지구를 쳐들어오는 놈들과 관계가 있다는 건 확실하지. 가이아의 목소리에 대해 알고 있나?"

신혁돈이 고개를 끄덕이자 그럴 줄 알았다는 듯 헤르메스가 말을 이었다.

"그럼 대화가 쉽겠어. 가이아는 인간을 통해 '마신 그리드'라는 존재를 막아내려 해. 그것 때문에 '시스템'이라는 것을 만들었고, 인간이 각성해서 이능을 사용할 수 있게 되었지."

"알고 있다."

"그래도 일단 들어. 네가 어디까지 아는지 모르니까 두 번 설명하는 것보단 그냥 처음부터 하는 게 나아."

일리가 있는 말이라 신혁돈이 고개를 끄덕였고, 그사이 음식이 나와 잠시 대화가 끊겼다. 헤르메스는 일본어로 뭐라 뭐라 하며 음식을 받은 뒤 회를 한 점 먹으며 이야기했다.

"음, 역시 맛이 좋아. 한 점 들어."

신혁돈은 대답 대신 헤르메스가 먹는 것을 지켜보았고 그의 눈빛을 이기지 못한 헤르메스가 결국 젓가락을 놓았다.

"오케이, 대화부터 하지. 어디까지 이야기했더라… 그래, 시스템. 어쨌거나 가이아는 시스템을 만들었고 인간들은 그 시스템에 익숙해지기 시작했어. 그리고… 마왕의 차원이 등장했지."

말을 마친 헤르메스가 신혁돈의 눈을 살폈다.

놀라길 바라는 눈치였지만 신혁돈은 전부 알고 있던 사실기에 놀라지 않았고, 헤르메스를 실망한 듯 말했다.

"알고 있었어?"

신혁돈이 고개를 끄덕이자 헤르메스가 입술을 비죽인 뒤 말했다.

"뭐야, 네가 나보다 많이 알고 있는 거 아니야? 마왕의 차원까지 클리어했나?"

"일곱 번째 시련을 준비 중이다."

말을 마친 헤르메스가 젓가락을 들어 회를 한 점 집다 젓가락을 놓쳤다.

"…거짓말."

"할 이유가 없다."

"맙소사… 너, 정말 괴물이구나?"

"하던 얘기나 마저 하지."

"이쪽 방면에선 내가 할 얘기가 없겠는데? 네가 모를 법한 이야기라… 그래, 지구의 오래된 신화에나 나오던 괴물들이 마신 그리드에 의해 넘어오고 있어. 이번에 봤던 고르곤이 대표적이지. 뭐 신화에 나오는 것과는 조금 다르긴 하지만 어쨌거나 비슷하니까. 그리고 마왕의 차원에선 대놓고 등장하고 있고."

길게 말한 헤르메스가 물을 한 잔 마신 뒤 말을 이었다.

"그래서 우리는 최대한 많은 마왕의 차원을 열어서 살피고 있어. 차원의 경계를 열어 들어가는… 건 알고 있으니 설명 안 해도 되겠고. 어쨌거나 내가 찾은 마왕의 차원은 총 두 개. 클리어 단계는 하나는 2단계. 하나는 3단계다."

"아직 자세히는 모른다는 말인가?"

"그래, 마왕의 시련 자체를 알게 된 게 최근이니까."

신혁돈은 천천히 고개를 끄덕인 뒤 말했다.

"두 번째. 가이아는 확실히 우리 편인가?"

그의 물음에 헤르메스가 고개를 갸웃했다.

"무슨 소리지?"

신혁돈은 대답 대신 헤르메스의 눈을 보았다.

헤르메스는 그 누구도 모르는 고급 정보를 쏟아내고 있었다. 이제 두 번째 보는 사람한테 말이다.

즉 신혁돈을 완전히 믿고 있거나 혹은 신혁돈에게 말한 것보다 많은 것을 숨기고 있을 것이다.

그중 가능성이 큰 쪽은 후자.

그런 상황에 가지고 있는 가장 큰 카드를 오픈해도 될 것인가.

신혁돈의 눈에 담긴 의문을 눈치챈 헤르메스가 쓴웃음을 지으며 말했다.

"이봐, 당신은 나보다 강해. 그건 당신도 알지?"

신혁돈은 대답하지 않았다. 그러자 헤르메스가 어깨를 으쓱인 뒤 말했다.

"만약 당신과 내가 나눈 대화가 밖으로 새어나간다면, 나를 죽여."

"그럴 생각이다."

헤르메스는 다시 한 번 웃더니 눈을 흘기며 말했다.

"반대의 경우도 마찬가진 거 알지?"

"편할 대로."

"자, 그럼 약속도 했겠다, 시원하게 털어나 봐. 가이아를 의심하는 이유가 뭐야?"

신혁돈은 천천히 고개를 끄덕인 뒤 브리아레오스를 잡으러 갔던 여섯 번째 시련에서 있었던 일을 설명해 주었다.

물론 동화나, 영혼 포식에 대한 이야기를 제외한 뒤 가이아의 목소리에 대한 이야기만 해주었다.

신혁돈의 설명을 들은 헤르메스가 가늘게 눈을 뜨더니 말했다.

"…묘하네."

"어째서?"

"나도 그런 생각을 하고 있었거든. 물론 나는 당신과 다르게 가이아를 의심하는 게 아니라 다른 생각을 하고 있긴 하지만."

"그게 뭐지?"

신혁돈이 궁금해하자 헤르메스는 히죽 웃더니 회를 한 점 집어 먹었다. 그리곤 마늘 절임 한 쪽을 집어 아작 소리가 나게 씹으며 신혁돈의 표정을 살폈다.

처음으로 주도권을 잡자 신이 난 모습이었다.

아이 같은 모습에 신혁돈이 헛웃음을 흘리자 그제야 헤르메스가 말했다.

"나는 마왕, 혹은 마신 그리드가 직접 개입하고 있다고 생각해."

*　　　　　*　　　　　*

마왕이나 마신의 개입.

그럴듯한 추리에 신혁돈이 물었다.

"증거가 있나?"

"당신과 비슷해. 가이아의 목소리가 두 개가 나왔고, 평상시의 가이아와는 다른 목소리를 들었지. 한두 번이 아니라 꽤나 여러 번."

그 말은 가이아 혹은 다른 존재가 신혁돈뿐만 아니라 다른 이들 또한 지켜보고 있다는 뜻이었다.

"다른 존재에 대한 정보는 없나?"

헤르메스가 어이가 없다는 듯 웃으며 말했다.

"당신이 우리보다 훨씬 높은 단계까지 진출해 있으면서 그쪽의 정보를 바라면 안 되지. 외려 내가 당신한테 정보를 사고 싶은데."

그제야 신혁돈이 젓가락을 집었다.

헤르메스 또한 젓가락을 집었고 두 사내가 말없이 회를 먹기 시작했다.

"맛있지?"

"괜찮네."

회를 몇 점 집어먹은 신혁돈이 젓가락을 내려놓자 헤르메스가 말했다.

"제안을 하나 하지."

"네가 발견해 놓은 시련을 클리어해 주고… 정보를 공유해 달라. 이런 건가?"

헤르메스가 오, 하는 소리와 함께 박수를 쳤다.

"바로 그거야. 싸우는 방식이 무식하기에 머리는 잘 안 돌 줄 알았는데 의왼걸?"

독설이 아닌 듯, 독설을 뱉는 모습에 기분이 상할 법도 했지만 신혁돈은 표정의 변화 없이 대답했다.

"대가는?"

"무슨 대가? 시련의 보상 자체가 엄청나잖아. 내가 개척한 시련을 당신이 클리어하는 것만으로도 대가는 되지 않나?"

신혁돈은 말없이 그의 눈을 바라보았다.

가끔씩, 침묵은 상대가 숨기고 있는 패를 꺼내들게 하는 무기가 된다.

특히 숨기고 있는 게 클수록, 상대는 침묵이 가진 무게를 이기지 못하고 말을 꺼내게 된다.

바로 지금처럼.

헤르메스는 신혁돈의 눈을 피해 한숨을 내쉰 뒤 말했다.

"…알고 있나?"

"뭘?"

"뭐야, 모르는 거야?"

"그러니까 뭘."

헤르메스는 미간을 구겼다가, 미소를 지었다가 결국 머리를 쓸어 올리며 말했다.

"이거, 곰인 줄 알았는데 여우네……."

다시 침묵.

결국 헤르메스는 장국을 벌컥벌컥 들이켠 뒤 말했다.

"오케이, 우리 길드원들 중 마왕의 시련을 받은 이들이 있어. 그들을 데리고 가서 클리어한 뒤 저주에서 해방시켜 줘."

"저주라… 백차의 시련에 걸렸나 보군."

신혁돈의 말에 헤르메스가 화들짝 놀랐다가 웃음을 터뜨렸다.

"어떻게 아는지 모르겠지만 맞아. 우리가 얻은 두 개의 시련 중 하나가 백차라는 마왕의 시련이었고, 거긴 탈출이 가능했지."

유일하게 탈출이 가능한 마왕의 시련이 있다.

백차(百叉)라는 이름을 가진 마왕의 시련으로서 시련을 클리어하지 않고 탈출한 이들에게 저주를 건다.

저주는 간단하다.

72시간 내 돌아오지 않으면 죽는다.

마왕의 시련이 알려지게 된 계기가 바로 백차의 시련 덕분이었다.

백차의 시련에 걸린 이는 죽고 싶지 않기에 다른 이들을 끌어모아 백차의 시련에 도전하게 되고, 일정 난이도에 달하면 결국 실패하게 된다.

하지만 살아날 구멍이 있기에 결국 도망을 치게 되고, 그들은 또다시 저주를 풀기 위해 도전하게 되는 것이다.

그가 저주를 거는 이유는 더 많은 이들이 자신의 시련에서 죽길 바라기 때문이다.

"몇 명이지?"

"두 명."

대답하는 헤르메스의 표정이 좋지 않았다. 원래는 더 있었으나 저주를 이겨내지 못하고 죽은 것이 분명했다.

"두 명을 살려주지. 보상은?"

"…원하는 게 뭔데?"

"두 목숨의 가치."

헤르메스는 고개를 휘휘 저었다.

"말 잘하네. 돈은 필요 없을 테고, 네가 원하는 정보 두 가지를 주지. 우리가 모르는 정보라도 어떻게든 얻어서."

"그렇게 하지."

신혁돈이 만족스러운 듯 고개를 끄덕인 뒤 젓가락을 집었다.

그 모습을 본 헤르메스는 혀를 내둘렀다.

딱히 말을 잘하는 것도, 그렇다고 상대의 의중을 완벽히 읽는 것도 아니다.

한데 자신의 원하는 모든 것을 가져간다.

'화술도 아니고… 저걸 뭐라 해야 되지?'

그냥 기세다.

침묵과 눈빛만으로 대화를 이끌어가는 기세.

대화를 하는 것만으로 진이 빠진 헤르메스는 사케를 주문

한 뒤 말했다.

"이제 내가 원하는 것을 물을 차렌가?"

몰라서 묻는 거냐는 듯한 신혁돈의 눈빛에 헤르메스는 헛기침을 한 뒤 말했다.

"당신의 메인 스킬이 뭐지?"

"포식."

"…자세히 좀 말해주지? 우리 사이에 말이야."

"우리 사이?"

"약속까지 한 사인데 말이야."

그때 사케가 들어왔고, 헤르메스가 턱 끝까지 오는 금발을 출렁거리며 일어난 뒤 신혁돈에게 말했다.

"한국에선 이러는 게 예의라며?"

그리곤 신혁돈이 잔을 쥐길 기다렸다가, 잔을 들자 그의 잔을 채워주었다. 그리곤 신혁돈에게 사케 병을 건넨 뒤 자신의 자리에 앉아 잔을 내밀었다.

"…도대체 어디서 이런 걸 배웠지?"

"한국 영화와 드라마를 자주 보거든. 아주 재미있어. 당신도 보나?"

신혁돈은 대답 대신 술을 따라준 뒤 말했다.

"몬스터의 힘을 흡수해 사용하는 스킬이다."

헤르메스가 천천히 고개를 끄덕인 뒤 말했다.

"그… 뿔 달린 검은 갑옷을 입은 것도 몬스터의 일종이라는 건가?"

"세뿔가시벌레."

"맞아, 벌레의 껍질. 날개와 관절부가 비슷하긴 했지. 오… 신기한 능력이야. 다른 괴물들의 능력도 사용 가능한 거지?"

"6개쯤."

"…이거, 진짜 괴물이네."

사케를 홀짝인 헤르메스가 말을 이었다.

"그건 그렇고, 가이아가 한 말 있잖아. 내가 들은 것과 당신이 들은 게 다른 것 같은데. 맞나?"

"그렇다면?"

헤르메스는 어깨를 으쓱한 뒤 말했다.

"가이아가 당신네들을 특별 대우하고 있다는 거지. 마왕의 여섯 번째 시련을 클리어한 이들이니 그럴 자격도 있다 생각하고."

특별 대우.

헤르메스의 말에 자신이 피닉스의 심장을 얻고, 과거로 돌아온 것부터가 특별 대우일 수도 있다는 생각이 들었다.

"그럴 수도 있겠군."

신혁돈의 말에 헤르메스가 중지와 엄지를 튕겨 딱 소리를 내며 말했다.

"인정하는 건가? 다른 말을 들었다고?"

"맞다."

"오오, 무슨 말을 들었는데?"

"내 생각이 옳으니 생각대로 하라더군."

"…그게 다야?"

신혁돈은 고개를 끄덕인 후 사케를 한 모금 마셨다. 목 넘김이 부드러운 데다가 끝 맛에 알 수 없는 향기까지 더해져 꽤나 맛이 좋다.

"무언가 제대로 된 지표라거나, 그런 건 없고?"

"말한 게 전부다."

"지구의 신이라고 전지전능한 건 아닌 모양이야. 그냥 속 시원하게 전부 말해주면 얼마나 좋아."

헤르메스는 툴툴거리며 사케를 따라 마신 뒤 말을 이었다.

"하긴, 신들끼리도 무슨 룰이 있겠지. 그런 게 없었다면 인간이 각성해서 성장하기도 전에 마신 그리드, 그놈이 지구로 쳐들어와서 깽판을 쳤겠지?"

그의 말이 옳다.

가이아가 속 시원히 말을 하지 못하는 이유도, 그리드가 허약한 괴물부터 보내는 이유도, 마왕들이 시련을 만드는 이유도 분명 있을 것이다.

우리가 알지 못하는 이유가.

"그걸 알아내야지."

신혁돈의 말에 헤르메스가 고개를 끄덕이며 말을 받았다.

"이를테면, 마왕을 잡아서 말이야."

"언젠간 잡을 거다."

"그런 당찬 포부! 아주 좋아! 말 나온 김에 물어보는 건데, 일곱 번째 시련은 언제쯤 도전할 수 있을 것 같아?"

금발과 녹색 눈을 가진 외국인이 한국에서 자고 나란 사람처럼 한국어를 잘한다. 말이 짧은 게 흠이라면 흠이지만.

"아직은 무리다."

"정보는 있고?"

신혁돈이 눈이 다시 한 번 헤르메스를 훑었다.

신혁돈의 반응에 헤르메스는 있는 대로 얼굴을 찌푸리며 '어허!' 하며 호통을 쳤고 신혁돈은 피식 웃음을 흘리고 말았다.

"질풍의 아엘로, 빨리 나는 자 오키페테, 새까만 폭풍의 구름 켈라이노."

"…하피 세 자매?"

"알고 있나?"

"괴물과 신화가 관련 있다는 소리를 듣고 공부 좀 했거든. 헤시오도스에 의하면 폰토스와 가이아의 자식이지."

"…가이아?"

신혁돈의 물음에 헤르메스가 고개를 갸웃했다.

"…어? 그러네. 가이아의 딸들이라, 이건 나도 생각지 못한 부분인데……."

가이아 또한 신화에 등장하는 여신의 이름이다.

이걸 생각지 못하다니.

신혁돈이 사뭇 진지해진 얼굴로 물었다.

"가이아는 어떤 신이지?"

헤르메스가 마치, 기억을 되짚는 것을 손으로 표현하듯 눈을 감고 허공을 어루만지며 '음…….' 하는 신음을 흘리다 말했다.

"짧게 간추리자면 모든 거인의 어머니야. 그리스 신화에 대해 얼마나 알지?"

"아예 모른다."

"…쉽게 이야기하자면 최초에 존재했던 창조의 어머니다. 가이아가 우라노스와 크로노스를 낳았고, 크로노스의 아들이 제우스지. 제우스는 알지?"

"그 정도는 안다."

"이 부분에 대해서는 조금 더 알아보고 따로 연락 주지."

그 뒤로도 헤르메스는 신혁돈과 패러독스 길드원들의 능력에 대해 이것저것 물어왔고 신혁돈은 가이아에 대해 물으며 대화를 나누었다.

한 시간쯤 대화를 나누고 식사를 마친 두 사람이 자리에서 일어났다.

식당 밖으로 나와 차에 오르자 헤르메스가 말했다.

"당신, 마음에 들어."

"내일 한국으로 돌아간다. 두 사람을 한국으로 보내면 저주를 풀어주지."

신혁돈의 동문서답에 헤르메스가 샐쭉이 웃으며 말했다.

"사실 말이지 당신, 부끄러움을 굉장히 많이 타는 성격인 거 같아?"

"넌 굉장히 시끄러운 성격이고."

"뭐?"

신혁돈은 대답 대신 시트에 기대 눈을 감아버렸다.

*　　　*　　　*

"그렇게 되었다."

호텔로 돌아온 신혁돈은 자신과 헤르메스의 대화 내용을 말해 주었다.

그러자 윤태수가 물었다.

"그 백차의 저주라는 거 말입니다. 지금 우리의 힘으로는 일곱 번째 시련까지는 좀 어려울 거 같은데 덥석 맡아도 되는 겁니까?"

"시련을 클리어하는 순간 백차의 저주는 사라진다. 마왕을
죽이는 게 아니라."

"…아하."

윤태수가 찌그러지자 백종화가 물었다.

"가이아 이야기는 어떻게 된 겁니까?"

"아직 모른다. 신화에 등장하는 가이아가 우리를 돕는 가
이아인지는 조금 더 알아봐야 할 것 같아."

"흠… 저도 따로 알아보겠습니다."

"그래."

말을 마친 백종화가 태블릿 PC로 고개를 박았다. 다른 이
들을 바라본 신혁돈이 말을 이었다.

"귀국은 내일이니 알아서들 쉬어라. 내일부터는 또 바쁠 거
다."

말을 마친 신혁돈은 이서윤을 보고 물었다.

"홍서현은?"

"아까 잠깐 눈을 떴었어요. 가이아를 봤다고 하면서 혁돈
씨를 찾는데… 너무 피곤해 보여서 다시 재웠어요."

가이아를 봤고 자신을 찾았다?

"그게 언제였지?"

"한 30분 됐을걸요?"

이서운과 대화를 마친 신혁돈은 홍서현이 잠들어 있는 방으로 향했다.

홍서현은 평온한 얼굴로 잠에 들어 있었다. 그녀를 지키는 간병인 또한 30분 전에 잠들었다 말한 뒤, 그녀의 상태를 말해 주었다.

"무리를 해서 탈진을 한 상태예요. 링거도 맞고 있으니 한숨 자고 일어나면 쾌차할 겁니다."

간병인의 말에 고개를 끄덕인 신혁돈이 뒤로 돌려는 순간, 홍서현의 손가락이 꿈틀거렸다. 간병인의 시선이 신혁돈의 시선에 따라 홍서현에게로 향했고, 그 또한 홍서현의 손가락이 움직이는 것을 발견했다.

그때.

"물……."

홍서현이 버석거리는 목소리로 말했다.

간병인이 그녀의 손에 물을 쥐어주자 홍서현이 하도 자서 퉁퉁 부은 눈으로 몸을 일으키며 물을 마셨다.

물을 마신 그녀가 짧게 한숨을 내쉬고는 신혁돈을 바라보았다.

"할 말이 있지 않나?"

홍서현은 멍하니 신혁돈을 보다가 말했다.

"가이아! 가이아님이 말씀하셨어!"

"뭘?"

"그… 그가 당신을 주시하고 있대."

"그가 누군데?"

홍서현은 입술을 깨물었다.

그리곤 신혁돈과 간병인, 물컵과 창문, 침대와 천장 등을 보며 쉴 새 없이 눈을 돌리다가 입을 열었다.

제2장

백차의 시련

"…모르겠어."

"장난하나?"

홍서현은 고개를 저었다. 그리곤 자신의 손바닥을 바라보며 대답했다.

"가이아님이 말씀하셨어. 누군가가 당신을 주시하고 있다고. 분명 누구인지도 말씀하셨는데 기억이 나질 않아. 마치… 거기만 기억이 잘린 것 같이."

기억에 간섭하는 능력.

신혁돈의 기억에 그런 능력을 가진 괴물은 없다. 그렇다는 것은 신혁돈이 모르는 고위급 존재가 개입했다는 뜻.

"가이아를 직접 만난 건가?"

"아니, 목소리만 들렸어⋯⋯."

홍서현이 혼란스러워하는 사이 신혁돈은 팔짱을 꼈다.

가이아가 홍서현에게 말을 전하는 방식은 일종의 통신이라고 볼 수 있다.

한데 누군가가 모든 것을 훔쳐 듣고 홍서현에게 전해진 말 중 가장 중요한 부분을 잘라갔다.

좋은 의도는 절대 아닐 터.

신혁돈이 고개를 끄덕였다.

홍서현의 기억이 잘렸다는 것은 마신 쪽의 고위급 존재가 신혁돈에 주목하고 있다는 사실에 힘을 더할 수 있는 일이다.

"나쁘지 않아."

그의 말에 홍서현이 고개를 들어 신혁돈을 바라보았고, 신혁돈이 말을 이었다.

"일단 쉬어라."

"귀국은 언젠데?"

"내일."

"알았어."

신혁돈이 고개를 끄덕인 뒤 방을 나서려다 아, 하는 소리와 함께 홍서현에게 물었다.

"물어볼 게 있다."

"뭔데?"

"그리스 신화에 나오는 가이아와 지구의 신 가이아, 둘은 이름만 같은 것인가? 아니면 다른 연관이 있는 건가?"

"같은 신이야."

홍서현은 당연하다는 듯 대답했고, 그녀의 대답에 신혁돈의 눈썹이 휘었다.

"…그렇다는 것은 신화가 실존한다는 건가?"

그녀가 어깨를 으쓱였다.

"그것까진 모르지. 어쨌거나 가이아님은 자신을 '모든 이의 어머니'라고 칭하셔. 그리스 신화의 가이아와 똑같이."

머릿속이 복잡해졌다.

"그렇다면… 크로노스, 우라노스, 제우스 이런 신들 또한 존재한다는 것인가? 만약 존재한다면 어디에 있지?"

"나야 모르지. 사실 같은 신이라는 것도 확실하진 않아. 내가 그렇게 생각할 뿐인 거지."

어느새 팔짱을 끼고 있던 신혁돈이 미간을 긁적였다. 그러자 홍서현이 말을 이었다.

"왜, 가이아님이 그리스 신화의 가이아면 안 될 일이라도 있나?"

"확실한 정보가 필요하다. 지금 우리가 가지고 있는 모든 의문의 시작은 '신화와 괴물의 연관성'에 있다. 만약 가이아가 그리스 신화의 괴물이라면 다른 괴물들 또한 신화에서 비롯되었다는 걸 입증할 수 있겠지."

"그럼 뭐가 달라지는데?"

"괴물들의 정보를 얻을 수 있다. 신화들은 대부분 전쟁으로 시작해 전쟁으로 끝난다. 수많은 괴물의 정보가 담겨 있고, 또 괴물들을 무찌를 수 있는 방법 또한 서술되어 있지. 너도 알고 있지 않나?"

그의 말에 홍서현이 천천히 고개를 끄덕였다.

이를테면, 일곱 번째 시련에서 상대해야 할 하피 세 자매의 약점은 식탐이다. 먹을 것만 보면 사족을 쓰지 못하고 달려들기에 음식에 독을 타 잡는 방법이 나와 있기도 하다.

만약 하피 세 자매를 음식에 독을 타는 것만으로 잡을 수 있다면?

"그렇구나. 중요한 정보네. 다음에 또 가이아님과 연결이 된다면 꼭 물어볼게."

"그래, 쉬어라."

*　　　　*　　　　*

올마이트 일본 지부. 지부장 사무실에 두 사내가 앉아 있다.

메이븐은 커피를 든 채 다리를 꼬고 있었고, 그의 앞에는 아랍계의 사내가 앉아 있었다.

"패러독스라… 메이븐이 보시기엔 어떤 것 같습니까?"

아랍계 사내가 묻자 메이븐이 커피를 한 모금 마시고선 답했다.

"강합니다. 단순히 강한 것이라면 걱정하지 않아도 되겠지만 전략을 짤 줄 압니다. 이번 영상이 뿌려진 것만 봐도 알 수 있는 부분이죠."

"하긴, 영상의 파급력이 엄청나긴 합니다. 화이트 홀 예언 건으로 올랐던 주가가 다시 한 번 폭등하고 있으니까요."

고개를 끄덕인 메이븐이 커피 잔을 내려놓으며 말을 받았다.

"마스터께서 관심을 보여 일본까지 직접 오실 정도니, 다른 말이 필요하겠습니까."

메이븐의 말에 올마이티의 마스터, 라쉬드가 미소를 지었다.

갈색 피부에 갈색 눈, 검은 머리칼을 한 사내의 이가 반짝였고, 메이븐은 그와 함께 마주 미소를 지었다.

그러자 라쉬드가 물었다.

"그때 들린 목소리에 대해선 어떻게 생각하십니까?"

"여러 방면으로 알아보고 있긴 한데 아직 정보가 모자랍니다."

"패러독스를 도우라는 내용이었죠?"

"예."

"어떤 초월적인 존재의 목소리라… 어떤 사람의 능력일 가능성은 없나요?"

"예, 그 자리에서 들었는데 그건, 스킬로 낸 효과와는 확연히 달랐습니다."

라쉬드는 다리를 꼰 채 소파에 몸을 묻었다.

생각을 정리하는 듯한 모습에 메이븐 또한 커피로 목을 축이며 그의 대답을 기다렸다.

손가락으로 무릎을 두드리던 라쉬드가 창밖으로 시선을 던지며 말했다.

"혹시 가이아를 아시나요?"

"…그리스 신화의 신 가이아 말입니까?"

"뭐든요."

"상식 정도는 알고 있습니다."

"그때 들으셨던 목소리가 바로 가이아의 목소리입니다."

"신이… 존재한단 말씀이십니까?"

라쉬드의 눈이 메이븐에게로 향했다. 그와 눈을 마주한

라쉬드가 천천히 고개를 끄덕이며 말을 이었다.

"예, 우리가 갖고 있는 이 능력."

라쉬드가 손을 뻗자 원목으로 된 탁자에서 새싹이 자라났다. 새싹은 순식간에 자라나 두 뼘 정도의 나무가 되었고, 거기서 성장을 멈춘 뒤 푸른 나뭇잎을 피워내기 시작했다.

생명을 틔워내는 기적과도 같은 능력에 메이븐이 놀라고 있는 사이 라쉬드가 말을 이었다.

"이게 전부 신의 권능이죠."

"가이아라는 신이 인간이 살아남길 바라고, 그렇기에 이런 능력을 주었다는 말씀이십니까?"

"반은 맞고, 반은 틀려요."

메이븐이 몸을 끌어 소파 끝에 걸터앉으며 라쉬드의 이야기에 집중했다.

"인류의 급증, 자연 파괴, 오존층 파괴, 핵전쟁의 발발 가능성… 등등으로 지구가 죽어가고 있다는 건 들어보셨나요?"

갑자기 방향이 틀어진 이야기에 메이븐이 멍한 얼굴로 천천히 고개를 끄덕였다.

"이 모든 것은 인재죠. 지구에 인간이 나타나면서부터 지구가 병들기 시작했으니까요. 어떤 과학자들의 말에 따르면, 지구에 인류가 나타나기 전의 자연 상태로 돌아가기 위해서는 몇 십억 년이 걸릴 수도 있다고 하더군요."

몇 십억 년까지는 모르겠지만, 들어본 적 있는 이야기다.

마음 같아서는 이런 이야기를 하는 이유에 대해 묻고 싶었지만 필시 이유가 있으니 설명을 하고 있는 것일 것이다.

메이븐은 보채는 대신 그의 말에 귀를 기울였다.

"메이븐, 만약에 말입니다. 지구의 신이 지구에서 인간을 없애려고 결심했다면. 어떨 것 같으세요?"

메이븐이 헛웃음을 터뜨렸다.

"결심한 순간 세계적 재앙이 일어나지 않았겠습니까? 해일이나 지진, 허리케인 이런 거 있잖습니까. 아니면 지구의 온도를 올려 버린다거나… 그런 거 몇 방이면 인류는 한 달도 버티지 못하고 멸망할 겁니다."

메이븐은 문화를 즐기는 사람이고, 지구가 멸망하는 내용을 다룬 영화나 소설들을 꽤 즐겨보는 편이다.

그것을 보며 상상을 한 적도 많은데, 도저히 살아남을 방법이 없었다.

"그건 너무 쉽잖아요. 지금껏 지구를 망쳐온 이들에게 내리는 벌로는 너무 약하다 이 말입니다."

라쉬드의 얼굴에 걸려 있던 미소는 어느새 사라지고 없었다.

"지금 하시는 말씀은… 차원문을 통해 괴물이 나타나고, 인류가 죽어가고 있는 것이 모두 가이아의 짓이라는 말씀이십니까?"

"그럴 수도 있다는 겁니다."

애매모호한 반응에 메이븐이 미간을 찌푸렸다. 말하고자 하는 게 무엇인지 감조차 잡히지 않았다.

"그럼 이번 작전에 참여한 인원들이 들은 것은 뭡니까? 패러독스를 도와 차원문을 넘어오는 괴물을 막아내라는 내용은 마스터께서 이야기한 것과 다르지 않습니까?"

"역할극을 즐기고 있는 겁니다."

메이븐이 눈을 감아버렸다.

라쉬드의 말대로라면 가이아는 인류를 멸망시키기 위해 차원문을 열어 괴물을 보내고 있으며, 인류에게 더 큰 절망을 주기 위해 인류를 돕는 척하고 있다는 것이 된다.

"믿기 힘들군요."

"그럴 겁니다. 저도 처음에는 믿지 못했으니까요."

라쉬드는 여전히 차분했다. 메이븐은 자신의 곱슬머리를 몇 번 헝클인 뒤 물었다.

"믿게 된 계기가 있으시겠네요. 그게 뭡니까?"

메이븐의 물음에 라쉬드가 미소를 지었다.

마치 그 질문을 듣기 위해 지금까지 설명했다는 듯한, 만족스러운 미소였다.

"가이아의 목소리를 들으신 것처럼, 저도 어떤 이의 목소리를 들었습니다."

"목소리… 말입니까?"

"예, 그 목소리는 저에게 모든 것을 알려주었습니다."

너무 당당히 말하니 오히려 신용이 가질 않았다.

"가이아가 인류를 멸망시키려 한다는 내용을 말입니까?"

"예."

메이븐은 의심이 들었지만, 티를 내지 않고 숨겼다. 자신이 믿고 있는 것이 진실된 것이라 생각하고 있는 사람 앞에서 믿음을 의심하는 것만큼 멍청한 짓이 없다는 걸 알고 있기 때문이다.

메이븐이 아무런 반응이 없자 라쉬드가 말을 이었다.

"어떻게 생각하시나요?"

"무엇을 말입니까?"

"지금까지 제가 말씀드린 내용에 대해서요."

메이븐 대답 대신 라쉬드의 눈을 바라보았다. 그의 눈은 여전히 평온했지만, 그 안에는 대답을 종용하는 기세가 숨어 있다.

"인간은 적응의 동물이라고, 차원문이 나타난 뒤의 세계에 익숙해져 살고 있긴 합니다만 지금도 잘 믿기지 않습니다. 그런 와중에 신이니, 가이아니 하는 이야기까지 들으니… 아무것도 모르겠습니다."

메이븐은 허허, 하고 사람 좋은 웃음을 흘렸다.

그의 반응에 라쉬드 또한 입꼬리를 올리는 미소를 지으며 고개를 끄덕였다.

"알겠습니다."

라쉬드가 자리에서 일어나 그에게 손을 건넸다. 메이븐 또한 자리에서 일어나 그의 손을 쥐었고, 라쉬드가 말했다.

"저는 메이븐을 믿고 있습니다. 그러니 아시아의 중추라 불리는 일본의 지부장을 맡긴 거지요."

"예, 항상 감사하게 생각하고 있습니다."

"그런 만큼 흔들리시면 안 됩니다."

라쉬드가 손에 힘을 주었다. 기분이 나쁘지 않을 정도의 악력.

메이븐은 천천히 고개를 끄덕였다.

"기대에 보답하겠습니다."

그제야 라쉬드가 손을 놓았고 인사를 한 뒤 방을 나섰다.

그를 마중한 메이븐은 쓰러지듯 소파에 앉았다.

'도무지 모르겠군.'

라쉬드가 일본에 방문한 이유, 그가 자신에게 가이아에 대해 말한 이유, 전부 알 수가 없었다.

무언가 큰 그림을 그리고 있는 건 분명하다.

한데 큰 그림이 어디에 그려지는지, 무엇을 위해 그려지는

지도 모르겠다.

무엇보다 자신의 위치가 어디인지조차 모르고 있다는 것이 컸다.

하나의 병졸로 사용되다 소리 소문 없이 묻힐 위치인지, 아니면 적진을 휘저을 나이트의 위치인지.

"후……"

긴 한숨을 내쉰 메이븐이 담배를 꺼내 물곤 창밖으로 시선을 던졌다.

만약, 가이아라는 신이 인류 말살 계획을 짜는 것이 참이라고 치자.

그렇다면 최종적으로는 가이아가 건넨 권능을 이용해 가이아를 죽여야 한단 말인가?

"신을?"

절로 헛웃음이 났다.

따로 믿는 신이 있는 것은 아니었지만, 신이 있을 거라는 생각은 항상 했었다.

"근데 인류 말살이라니."

메이븐은 고개를 휘휘 저었다.

지금 해야 할 것은 이야기가 참인지, 거짓인지를 구분해내는 것이 아닌, 라쉬드가 자신에게 이 이야기를 해준 이유를 파악해야 한다.

메이븐은 셔츠 포켓에서 담배를 꺼내 물었다. 그리고 불을 붙이다 보니 에르민이 생각났다.

그러고 보니 하루 종일 에르민이 보이지 않는다.

헤르메스에게 손도 써보지 못하고 패배한 것이 문제가 되었음이 분명하다. 그렇다 한들 꽁해서 집에 박혀 있을 인물이 아닌데.

"이 여자는 또 어디 간 거야……."

*　　　　*　　　　*

올마이티 일본 지부를 나선 라쉬드는 곧바로 미국으로 돌아가지 않고 일식당으로 향했다.

고급 일식당에 홀로 들어선 라쉬드를 맞이한 종업원은 라쉬드의 얼굴을 아는 듯, 고개를 숙여 인사한 뒤 안쪽에 있는 별채로 안내했다.

별채에 도착하자 종업원이 고개를 숙여 인사한 뒤 돌아갔고 그제야 라쉬드가 별채의 문을 열고 들어갔다.

올마이티의 수장, 오일 킹, 이면에서는 용병왕이라고까지 불리는 라쉬드가 별채로 들어가며 깊게 허리를 숙였다.

그의 인사를 받은 존재는 앉은 자세 그대로 고개를 끄덕이며 답했다.

"왔나?"

"예."

"앉지."

그제야 라쉬드가 허리를 편 뒤 상 앞에 앉았다.

라쉬드가 고개를 숙인 사람은 흰머리가 가득했으며, 나이와 어울리지 않는 부리부리한 눈과 큰 코, 넓은 하관과 떡 벌어진 어깨가 인상적인 노인이었다.

노인은 라쉬드를 한 번 바라본 뒤 상에 차려진 음식들을 손으로 가리키며 말했다.

"들지."

"예."

두 사람은 식사가 끝날 때까지 아무런 대화를 나누지 않았다. 식사가 끝나자 물수건으로 입 주변을 닦은 노인이 입을 열었다.

"어떤가?"

"믿지 못하는 눈치입니다."

"그렇겠지."

노인이 천천히 고개를 끄덕이며 말을 덧붙였다.

"어차피 메이븐을 설득하는 게 목표가 아니니 상관없네, 메이븐과 신혁돈의 관계는 어떤가?"

"따로 연락을 주고받고 있진 않습니다. 하지만 이야기를 흘린 이상, 자신의 궁금증을 해결하기 위해서라도 신혁돈을 찾아갈 겁니다."

"그래, 메이븐은 그런 사내지."

노인은 아무런 표정 없는 얼굴로 차를 한 모금 마신 뒤 말을 이었다.

"얼마나 걸릴 것 같은가?"

"다음 그레이트 화이트 홀이 열리기 전에 움직일 겁니다."

"그렇게 생각하는 이유는?"

"메이븐의 성격 때문입니다. 궁금한 것을 참지 못하는 사내이긴 하지만, 참을성이 있고 생각이 깊은 사내입니다. 신혁돈과 패러독스에 대해 자세히 알아본 뒤 정보를 얻어내려 할 것이고 그러기 위해서는 만나서 대화할 명분이 필요합니다. 그게 바로 그레이트 화이트 홀이 될 가능성이 높습니다."

노인은 그제야 만족한 듯 미소를 흘렸다.

"괜찮은 방법이야."

노인의 칭찬에 라쉬드가 앉은 채 깊게 고개를 숙였다.

"그럼 자네는 어떻게 해야겠나?"

노인의 대화방식은 항상 이랬다.

자신이 원하는 답을 내놓은 뒤, 대화 상대가 답을 도출해낼 때까지 천천히 기다린다.

당하는 입장에서는 죽을 맛이지만 노인은 '스스로 생각하는 능력을 길러야 한다'는 말을 할 뿐이었다.

라쉬드는 깊게 심호흡을 한 뒤 허리를 펴고 입을 열었다.

"패러독스가 최대한 빨리 시련을 클리어할 수 있도록 진실의 눈을 통해 정보를 흘릴 생각입니다."

"그건 어째서인가?"

"그들은 자신들이 통제하기 힘들 정도의 힘을 얻고 있습니다. 그런 와중에 더욱 강한 힘을 얻게 되고, 가이아에 대한 의심이 생기면 필시 신혁돈의 결정에 반대하는 이들이 나오게 될 것입니다. '이 정도로 강해졌으니 신혁돈의 그늘 아래 있을 필요가 없다'는 생각을 하는 이들이 생기게 되겠죠. 그런 이들을 회유해 패러독스를 와해시킬 것입니다."

라쉬드의 대답에 노인은 차를 한 모금 더 마셨다. 찻잔에 입가가 가려지긴 했지만 미소를 짓는 덕에 올라간 입꼬리까지 가릴 순 없었고 그것을 발견한 라쉬드 또한 조용히 미소를 지었다.

"라쉬드, 자네는 날로 성장하는 게 눈에 보이는구만."

"모두 프로페서의 가르침 덕입니다."

프로페서라 불린 노인은 손을 저으며 답했다.

"아닐세, 내가 한 것은 물고기를 잡는 방법에 대해 말로 설명한 것뿐이야. 한데 자네는 물고기를 잡는 것으로 모자라 더 큰 물고기를 사냥할 방법을 궁리하고 있지 않은가? 어찌

칭찬하지 않을 수 있겠나."

프로페서의 칭찬에 라쉬드는 고개를 깊게 숙였다. 그러자 프로페서라 불린 노인이 자리에서 일어나 그의 머리에 손을 얹었다.

그 순간.

라쉬드는 고개를 숙인 뒤 말했다.

"가… 감사합니다!"

"앞으로도 지금처럼만 잘해주게나."

프로페서가 말을 마친 순간. 그의 손에서 거대한 에르그 에너지가 흘러나왔고 라쉬드의 몸으로 흘러들어갔다.

라쉬드는 자신의 몸속으로 흘러들어오는 풍만한 에르그 에너지를 느끼며 천천히 눈을 감았다.

                    *   *   *

다음 날.

한국으로 돌아온 이들은 이서윤의 집으로 모였다.

"그러고 보니 구해놓은 건물은 안 쓰는 거 같습니다."

"언젠간 쓰겠지."

고준영과 윤태수가 소파에 늘어진 채 대화를 나누고 있자 이서윤이 눈을 흘기며 말했다.

"집이 있으면 거기로 가지, 왜 여기로 모이는 거예요?"

"여기가 편하잖아요."

"맞아, 집보다 여기가 편한 느낌이지 말입니다."

"그건 그래. 그럼 월세라도 낼까요?"

"필요 없거든요!"

진실의 눈에서 보내기로 한두 명이 도착할 때까지는 할 일이 없었다.

그렇다고 화이트 홀을 제거하고 다니자니, 백차의 시련을 준비할 시간이 모자라다. 그래서 신혁돈은 그냥 집에서 쉬라 말했다.

오랜만에 휴식에 마음 편히 놀고 싶은 마음이 굴뚝같긴 했지만, 다들 마음 한구석이 불편했다.

"쉬는 게 쉬는 것 같지가 않다."

"그러게 말이에요. 당장에라도 어디선가 화이트 홀이 나타날 것 같고, 텐구가 습격할 것 같기도 하고, 차원문에 들어가기라도 해야 할 것 같아요."

계속된 전투로 감각이 날카로워진 탓이었다.

창밖에서 놀고 있는 개들과 도시락의 짖는 소리만 들어도 몸이 움찔거리곤 했다.

"…이게 다 저 양반 때문이지."

이들의 사정을 아는지 모르는지 신혁돈은 소파에 늘어진

채 예능을 보고 있었다.

"쉴 때는 저렇게 쉬어야 하는데 말이야."

그때, 신혁돈이 벌떡 일어났다.

뒷담을 하다 걸린 윤태수와 김민희가 움찔했지만 신혁돈의 시선은 그들이 아닌, 창밖을 보고 있었다.

신혁돈은 창밖으로 시선을 던졌다가 윤태수를 보곤 말했다.

"손님 왔다."

"백차의 시련에 걸린 사람들 말입니까?"

신혁돈이 고개를 저었고 윤태수가 물었다.

"그럼 누굽니까?"

신혁돈이 대답 대신 손을 휘휘 저었다. 어차피 나가보면 알게 될 것. 윤태수가 자리에서 일어서는 순간 초인종이 울렸다.

벨소리를 들은 이서윤이 말했다.

"저거 고쳤네?"

얼마 전, 방문자가 너무 많아 고준영이 떼어 두었던 초인종이 제 역할을 하고 있었다.

"예."

두 사람이 대화를 나누는 사이 윤태수는 현관으로 나갔고, 철문 앞에 서 있는 외국인을 발견했다.

검은 정장 치마에 흰 와이셔츠. 검은 힐을 신었고, 팔에 검은 정장 자켓을 걸치고 있다.

금색과 갈색이 적절히 섞인 머리를 말총머리로 묶은 채 라틴계 특유의 갈색 피부를 매력적으로 드러내고 있는 여인.

올마이티 일본 지부의 부 지부장. 예르민이었다.

"헬로!"

윤태수가 멍하니 있는 사이, 예르민이 철문 밖에서 손을 흔들었다.

"무슨 일입니까?"

예르민은 알아듣지 못한다는 듯 어깨를 으쓱하는 제스처를 취했고 윤태수는 미간을 문질렀다.

한국어도 못하는 여자가 여기까지는 무슨 수로 찾아온 거지.

고개를 휘휘 저은 윤태수는 일단 문을 열어준 뒤 건물 안으로 들어오며 말했다.

"영어 할 줄 아는… 아, 맞다. 서현 씨."

거실 한구석에 앉아 책을 읽고 있던 홍서현이 고개를 들었고 윤태수가 말을 이었다.

"그… 예르마이? 예르미네? 어쨌거나 올마이티에 메이븐 옆에 붙어 있던 라틴계 여자가 찾아왔습니다."

그때, 윤태수의 뒤로 예르민이 고개를 빼꼼 내밀며 말했다.

"예르민."

"그래, 예르민, 이 사람."

윤태수를 따라 들어온 예르민은 천천히 거실 내부를 살핀 뒤 신혁돈에게로 다가가 손을 건네며 말했다.

"안녕하세요."

물론 영어로.

신혁돈은 홍서현을 바라보았고, 그녀는 보고 있던 책을 덮은 뒤 신혁돈의 옆으로 걸어오며 말했다.

"저 여자가 인사하네."

"무슨 일로 왔나 물어봐."

"무슨 일로 왔냐고 묻는데요?"

홍서현의 물음에 예르민은 양 손을 허리춤에 얹고선 콧잔등을 찌푸렸다. 그러자 신혁돈이 홍서현을 바라보며 말했다.

"…저거 왜 저래?"

"나야 모르지. 생각나는 거 없어?"

두 사람이 말을 나누는 것을 듣고 있던 예르민이 입을 열었다.

"헤르메스라는 사람이 나한테 한 짓. 기억 안 나요?"

홍서현의 통역에 신혁돈의 미간이 찌푸려졌다.

예르민은 헤르메스에게 손 한 번 제대로 써보지 못하고 기절했다. 속된 말로 털렸다고 보는 것이 맞을 정도로 처참하게.

"그게 뭐."

"그게 뭐라니! 올마이티 일본 부지부장이 누군지도 모르는 사람한테 얻어맞고 기절 당했다니까요?"

목소리가 굉장히 하이톤이다. 듣는 것만으로 골이 쩡쩡 울릴 정도.

신혁돈은 관자놀이를 한 번 짚고선 말했다.

"태수야."

"예?"

"저거 내다 버려라."

말을 마친 신혁돈은 자리에서 일어선 뒤 방으로 들어가 버렸다.

무슨 일인지 모르는 예르민은 홍서현을 바라보았고, 홍서현이 말했다.

"당신, 내다 버리라는데?"

"…예?"

가만히 듣고 있던 백종화가 영어로 물었다.

"그래서 여기 온 목적이 뭡니까?"

예르민은 말이 통하는 사람을 만나 기쁜 얼굴로 백종화에게 말했다.

"그 남자를 찾으려고요."

"찾아서 뭘 할 겁니까?"

"뭐라뇨? 당연히 복수죠."

백종화의 미간이 신혁돈의 그것과 같이 찌푸려졌다.

복수라니.

어느 시대에서 온 여자야? 저건.

홍서현이 통역을 해주고 있었기에 주변 사람들의 시선 또한 백종화의 얼굴 같은 얼굴을 하고 있었다.

"죽이기라도 할 겁니까?"

"지금이 무슨 서부 개척 시대인줄 아세요? 무슨 그런 끔찍한 소리를……"

백종화가 관자놀이를 꾹 누르며 말했다.

"태수야."

"예."

"내다 버려라."

영어로 말하던 백종화가 갑자기 한국어로 말하자 예르민은 홍서현을 바라보았고, 홍서현은 다시 한 번 한숨을 내쉬며 말했다.

"일 없다고 나가시라네요."

그녀의 말에 웃는 낯을 하고 있던 예르민의 얼굴이 팍 구겨졌다.

부지부장으로 부임하기 전에도 그녀는 항상 대접받는 삶을 살아왔다.

아름다운 외모, 사근사근한 성격, 부유한 집안. 삼박자가 고루 갖춰진 그녀의 말에 따르지 않는 사람이 이상한 취급받는 그런 삶.

"지금 나 무시해요?"

예르민은 백종화를 향해 한 걸음 다가서며 에르그 에너지를 끌어 올렸다.

어지간한 각성자라면 맞서지도 못할 정도의 강대한 양.

최소 4등급 극후반에서 5등급 초반은 될 법한 기세였다.

기세를 드러낸 예르민이 의기양양한 얼굴로 거실에 있는 모두를 둘러보았다.

'이래도 나를 무시할 수 있을까?'

보통 사람들이라면 기세에 눌려 꿈쩍도 못하는 것이 당연한 상황. 한데, 무언가 이상하다. 꿈쩍 못하는 표정이 아닌, 어이가 없다는 표정이었다.

그 순간 그녀의 뒤에서 강대한 에르그 에너지가 터져 나오며 그녀의 목을 노렸다.

채앵!

예르민은 뒤로 돌며 순식간에 레이피어를 뽑아 든 뒤, 뒤를 견제했지만 그녀를 노리는 공격은 어디에도 없었다.

대신 윤태수가 서 있었다.

방금의 어벙한 얼굴과는 달리, 매서운 눈빛을 한 윤태수의 등 뒤로 거대한 빛의 날개가 펼쳐져 있었다.

"그만하지."

예르민은 그제야 깨달았다.

고르곤을 죽인 이들, 전 세계가 주목하고 있지만 건들 엄두도 내지 못하고 있는 이들.

그들의 아가리 속에 머리를 디밀고 있는 자신의 모습을.

"…예."

윤태수의 모습을 본 순간 예르민은 뿜어내고 있던 에르그 에너지를 거두어들였다.

그리곤 들어올 때와는 다르게 조용히 집 밖으로 향했고, 그녀의 뒷모습을 보고 있던 윤태수 또한 에르그 에너지를 거두어들였다.

"대책 없는 아가씨네."

백종화의 말에 동의한다는 듯 윤태수가 고개를 끄덕이자 이서윤이 말했다.

"아니죠. 저런 건 싸가지가 없다거나 가정교육을 잘못 받았다고 해야죠."

"그거나, 그거나. 그건 그렇고 종화 형님, 영어도 할 줄 아십니까?"

"왜?"

"아니… 저랑 같은 과일 줄 알았는데 말입니다."

백종화가 허, 하고 헛웃음을 흘리며 윤태수에게 가운뎃손가락을 내보였다.

*   *   *

이서윤의 집 앞에 검은 세단 한 대가 들어섰다.

철문 앞에 세워진 차에서 두 명의 중국인이 내린 뒤 주소가 적힌 종이와 집을 번갈아 보며 말했다.

"여긴가?"

"이 주변에 집은 이거 한 채뿐이니 여기가 맞겠지."

"맞아, 들어가 보면 알겠지."

두 명 중 유난히 키가 큰 사내가 초인종을 누르려는 순간.

후우우웅!

집 안에서 에르그 에너지가 요동치는 것이 느껴졌다. 그와 동시에 누군가 두 사람의 목을 쥐기라도 한 듯 몸이 뻣뻣하게 굳었다.

"큭……."

당황하며 집 안을 들여다본 순간, 온몸을 옥죄던 에르그 에너지가 씻은 듯 사라졌다.

"뭐… 뭐야?"

그때.

쾅!

라틴계 여자가 본관의 현관문을 부술 듯 박차고 나왔고, ·
철문 앞에 서 있던 두 사람은 자신도 모르게 길을 터주었다.

여자는 씩씩대며 철문까지 걸어온 뒤, 두 사람을 번갈아
보았다.

잘못한 것도 없는 두 사람이 왜인지 모르게 쭈그러드는 것
을 느끼며 시선을 피하자 라틴계 여자는 흥, 하는 콧소리와
함께 떠났다.

"…여기, 느낌이 좋지가 않아."

"흥, 너도? 나도 그런데……."

두 중국인이 마른침을 삼키며 고민하는 사이, 현관문이 열
리고 윤태수가 걸어 나왔다.

*　　　　*　　　　*

두 중국인, 차이와 홍은 문을 열고 나온 사내를 바라보았
다.

작지 않은 키와 튀어나온 광대, 좁은 하관. 얼핏 보면 일본
인 같이 생기기도 했지만 이마와 눈이 한국인의 그것이었다.

특히나 사람을 만나는 순간, 턱이 내려가는 대부분의 일본인과 달리 한국인들은 어깨를 펴고 턱을 든다.

저 사내가 그렇다.

무엇보다…….

"등에 저거, 뭐야?"

대낮인데도 등에서 빛이 피어오르고 있다. 마치 아지랑이처럼 피어오르는 빛의 줄기를 보던 샤오춘이 짝 하고 박수를 치며 말했다.

"윤태수! 그 빛의 전사!"

"아, 동영상에서 본 적 있어!"

"말 걸어볼까?"

두 중국인이 중국어로 이야기를 나누는 사이 그들 가까이 걸어온 윤태수가 철문을 열며 말했다.

"안녕하십니까? 패러독스 윤태숩니다. 진실의 눈에서 나오신 분들이죠?"

말을 마친 윤태수가 두 사람을 한 번씩 바라보았고 그들의 몸에서 흘러나오는 특이한 기운을 느꼈다.

말로 설명하기 힘든 꺼림칙한 느낌. 마치 몸 어딘가에 뱀한 마리를 숨겨놓고 윤태수의 목을 노리고 있는 듯한 그런 느낌이었다.

인사를 하자, 두 사람 중 키가 작은 사람이 한 걸음 앞으로 나서며 윤태수에게 말했다.

"안녕, 하세요?"

어설픈 한국어였지만 그래도 이게 어딘가. 윤태수가 살짝 고개를 끄덕이자 키가 작은 사내가 자신을 가리키며 말했다.

"샤오춘."

그리곤 덩치가 큰 사내를 가리키며 '홍'이라 말했다. 윤태수는 자신을 가리키며 '윤태수'라 말한 뒤 물었다.

"한국어는 아예 못하십니까?"

"조금, 하세요."

단어 위주로 암기한 건지 문장의 연결이 어색하긴 했지만 못 알아들을 정도는 아닌지라 대충 고개를 끄덕였다.

"들어오시죠."

윤태수가 안쪽으로 손짓하며 철문 안으로 들어가자 두 사람이 윤태수를 따라 아지트로 들어갔다.

*　　　　*　　　　*

만능일 것 같았던 홍서현도 중국어는 못했다.

하지만 홍과 샤오춘이 영어를 할 줄 알았고, 그 덕에 대화를 나누는 데 문제는 없었다.

패러독스의 일원들의 소개가 끝나자 샤오춘이 자리에서

일어나며 말했다.

"저는 샤오춘, 중국 상해 출신이고 국제 기준 각성자 분류법에 의거, 3등급의 각성자입니다. 25살입니다."

160㎝이 조금 넘는 키에, 수도승처럼 짧은 머리와 동글동글한 얼굴형 덕에 어려 보이는 얼굴이었다.

그래서 나이를 덧붙인 것인가 하는 생각을 하고 있을 때 샤오춘이 앉고 홍이 일어서며 말했다.

"홍, 샤오춘과 같습니다. 밀리 계열 능력자입니다."

190㎝가 넘을 것 같은 키와 우람한 덩치. 등에 매고 있는 거대한 언월도와 장비를 연상시키는 굵고 뻣뻣한 수염이 인상적인 사내였다.

얼굴만 봐서는 서른은 넘어 보였지만 샤오춘이 격 없이 대하는 것을 보면 샤오춘과 비슷한 나이 대인 듯했다.

서로 인사가 끝나자 이서윤이 제일 먼저 손을 들었다.

"질문 하나 해도 돼요?"

그녀의 눈은 샤오춘과 홍이 아닌 신혁돈에게 향해 있었다.

'보통은 질문하는 사람들에게 물어야 하는 거 아닌가?'

샤오춘이 그런 생각을 하고 있을 때, 신혁돈이 고개를 끄덕였고 이서윤이 말했다.

"몸에 이상한 에르그 에너지가 똬리를 틀고 있는데, 그게 백차의 저주인가요?"

"맞다."

홍서현이 번역을 하기도 전, 신혁돈이 대답했다.

한국어로 오가는 대화를 이해하지 못한 두 중국인이 멍한 얼굴로 홍서현을 바라보자 홍서현이 한숨을 내쉰 뒤 번역을 해주었다.

그러자 샤오춘이 물었다.

"그걸 어떻게 아시는 겁니까?"

신혁돈은 질문에 대한 대답 대신, 다른 질문을 던졌다.

"몇 시간 남았지?"

자신의 질문이 묵살당한 샤오춘은 미간을 구기며 신혁돈을 바라보았다.

'뭐 이런 사람이 다 있어?'

그와 동시에 헤르메스가 했던 말이 떠올랐다.

'재미있는 사람이야. 알아두면 도움도 될 테고. 차원문 클리어면 며칠은 같이 있을 테니 그동안 잘 지내봐.'

재미있는 사람이라니.

차라리 죽부인을 옆에 끼고 혼자 노는 게 더 재미있을 것 같다.

그렇다고 혼자 놀러 갈 수는 없는 게, 지금의 힘으로는 백차의 저주를 벗겨낼 방도가 없다. 다른 길드의 도움을 구할 수도 없으니 살아남을 수 있는 유일한 구멍이 패러독스인 것이다.

거기의 마스터가 신혁돈이고.

신혁돈의 눈을 바라보던 샤오춘은 고개를 끄덕인 뒤 말했다.

"40시간 정도입니다."

마왕의 시련은 어느 차원문을 들어가던 차원의 경계로 들어가면 되기에, 장소에 영향을 받지 않는다.

즉, 이동시간을 생각할 필요가 없다는 것이고, 40시간 안에 마왕의 차원에만 들어가면 저들은 죽지 않는다.

시간을 들은 신혁돈은 머릿속으로 계산을 하는 듯 잠시 창밖을 바라보았다.

어색한 침묵이 깔렸다.

샤오춘과 홍은 목이 타는 지 눈앞에 있는 물을 계속 마시고 있었지만, 다른 이들은 익숙한 광경인지 각자 할 일을 하며 신혁돈의 말을 기다렸다.

수직적 관계가 대부분인 다른 길드에서는 상상할 수 없는 상황.

결국 샤오춘이 어색함을 참지 못하고 홍서현에게 물었다.

"원래 이럽니까?"

"뭐가요?"

"그… 보통 마스터가 어떤 말을 하면 거기 집중하고 기다리는 게 맞지 않습니까?"

홍서현은 생각조차 하지 않고 되물었다.

"진실의 눈은 그런가 보죠?"

"…아닙니다. 저희는 길드라 하기보다는 동아리에 가까운 모임입니다. 헤르메스는 마스터가 아니라 대표일 뿐이고, 우린 모두 수평적인 관계로 누가 누구에게 명령을 한다거나 하진 않습니다."

샤오춘의 대답에 홍서현이 눈을 흘겼다.

"그럼 보통의 마스터라는 건 뭐죠?"

"다른 길드들 있지 않습니까. 말 그대로 진실의 눈이나, 패러독스가 아닌 평범한 길드 마스터들."

"우리가 평범한 길드로 보이나요?"

샤오춘은 고개를 저었다.

헤르메스의 표현을 빌리자면, 이 여자도 '재미있는 사람'이다. 샤오춘에겐 죽부인보다 못한 존재고.

유유상종, 근묵자흑이라고 두 사람의 성격을 알고 나니 나머지 사람들도 정상으로 보이진 않는다.

샤오춘이 멍하니 있는 사이, 생각을 끝낸 신혁돈이 말했다.

"6시간 동안 백차의 시련에 갈 준비를 한다. 6시간 뒤, 아지트로 모여라. 백차의 시련 클리어 예상 시간은 하루. 이상."

말을 마친 신혁돈은 홍서현에게 통역하라 전한 뒤 이서윤에게 말했다.

"마법진으로 경량화 마법을 새길 수도 있나?"

"가능이야 한데……."

이서윤의 눈이 거실 한가운데 놓여 있는 워해머로 향했다. 토르의 묠니르가 저러할까. 주인을 제외한 그 누구도 들지 못하는 무기라니.

그것도 주인을 알아보는 신물이 아니라, 단순히 무거워서 못 든다.

헛웃음을 흘린 이서윤이 말을 이었다.

"저기에 새기긴 힘들걸요. 유니크 아이템이잖아요. 차원지기의 심장이 하나가 통으로 있다면 모를까."

신혁돈은 천천히 고개를 끄덕인 뒤 말했다.

"그럼 워해머를 몸에 맬 수 있을 만한 아이템을 제작할 방법은?"

이서윤은 검지로 자신의 무릎을 톡톡 두들기다 답했다.

"해봐야 알 것 같은데, 일단 레어 이상의 갑옷 혹은 허리띠가 필요해요. 그런데 그런 걸 만들어준다고 착용하고 다닐 순 있어요?"

그것도 문제다.

워해머를 어딘가에 두고 다닐 수도, 그렇다고 계속 손에 들고 다니는 것도 거추장스럽다.

마음 같아서는 허리나 등에 걸어두고 싶은데 그렇게 하기 위해서는 아이템을 착용해야 한다.

한데 갑옷이나 허리띠 같은 것은 몬스터 폼으로 변신하면 찢어지거나 파괴되어 버린다. 그렇다고 당장 전투가 급한데 아이템을 벗고 있을 수도 없는 노릇.

신혁돈의 시선이 워해머로 향했다.

"계륵이야."

"계륵은 아니죠, 뼈를 부수는 자 정도면 현존 최강 무기라 불릴 만해요. 사용 조건이 괴랄해서 그렇지."

신혁돈은 어깨를 으쓱인 뒤 뒤로 기대며 말했다.

"이번 시련에서 얻은 차원지기의 심장을 주지. 그걸로 연구 좀 해봐. 고르곤의 신체 부위도 원하는 만큼 가져다 써도 된다."

그의 말에 이서윤이 씨익 웃으며 말했다.

"안 그래도 태수 씨한테 말해봤어요. 고르곤의 뿔이 탐나더라구요."

그녀의 말에 신혁돈은 윤태수를 바라보았다.

백차의 시련에서 사용할 물건 리스트를 정리하고 있던 그는 신혁돈의 시선을 느끼고 이쪽을 바라보았다.

"할 말 있으십니까?"

"…됐다, 인마."

윤태수는 이서윤에게 시선을 던지며 어깨를 으쓱했고, 이서윤은 미소로 답했다.

윤태수는 '뭐지?'하고 혼잣말을 하며 이서윤을 바라보았지만, 이서윤은 신혁돈에게 고개를 돌리며 물었다.

"근데 이번 시련이 2단계인가요? 3단계인가요?"

신혁돈의 말문이 막혔다.

"그걸 안 물었군. 홍서현, 물어봐라."

홍서현은 어이가 없다는 듯 신혁돈을 바라보며 입을 벌렸다가, 아직도 멍하니 있는 두 중국인에게 물었다.

"우리가 가야 하는 백차의 시련은 몇 단계인가요?"

그것도 모르고 준비를 시작했단 말인가?

"3단계입니다."

대답을 들은 이서윤이 신혁돈에게 말했다.

"그럼 이번 시련에서 저는 빠져도 될 거 같은데, 그래도 될까요? 이제 텐구도 없으니 암살 위험 같은 것도 없고, 골렘도 완성되었고, 혁돈 씨 따라다니면서 많이 강해지기도 했으니까."

허락을 받기 위해 이것저것 이유를 설명하는 게 마치 엄마에게 용돈을 타내려는 어린 아이와도 같은 모습이었다.

"편할 대로."

"네."

두 사람의 대화가 끝나자 윤태수가 자리에서 일어나 세 떨거지에게 이것저것 사오라 말했고 세 떨거지가 자리를 나섰다.

그러자 이서윤이 윤태수를 불러 마법진을 손보자는 말과 함께 안으로 들어갔고, 거실에 있던 이들 또한 각자 필요한 것들을 준비하기 위해 밖으로 나갔다.

그러자 중국인 둘과 신혁돈. 그리고 도시락만이 거실에 남았다.

신혁돈은 두 명의 중국인을 바라본 뒤 소파에 길게 누우며 말했다.

"쉬십시오."

갑자기 던져진 한국어에 홍은 샤오춘을 보았고 샤오춘은 신혁돈에게 되물었다.

"…예?"

"6시간 뒤에 차원문으로 갈 겁니다. 그러니 쉬시란 말입니다."

말을 마친 신혁돈은 눈을 감아버렸고, 이리저리 돌아다니던 주먹만 한 새는 신혁돈의 가슴팍으로 올라가 눈을 감았다.

샤오춘은 혼란에 휩싸였다.

도대체 뭐하는 집단인가.

거실 정중앙에 박혀 있는 저 망치는 뭐란 말인가.

이들이 동영상 속 그들이 맞나?

얼굴은 같다.

한데 기세가 느껴지긴커녕, 에르그 에너지조차 느껴지지 않는다.

다들 허리춤에 무기 한 자루씩을 차고 있긴 했지만 그것조차 날이 서 있다는 느낌이 들지 않는다.

그냥 친구네 집에 놀러온 대학생들과 같은 모습에 잔뜩 긴장을 하고 있는 두 사람이 비정상처럼 느껴졌다.

"홍."

거구의 홍은 샤오춘의 부름에 천천히 고개를 끄덕이며 말했다.

"말하지 않아도 안다. 나도 이들이 패러독스라는 사실이 믿기지 않아. 하지만 헤르메스가 진행한 일이다. 그는 믿을 만한 사람이고, 우리가 잘못되었을 때의 파장 또한 알고 있는 사람이야."

"그건 나도 알지. 하지만……."

홍이 고개를 저으며 샤오춘의 말을 끊었다.

"한 번 믿었으면 그냥 믿자. 지금 우리가 할 수 있는 건 그 것뿐이야. 어차피 40시간 안에 돌아가지 않으면 우린 죽는 다. 그리고 우리가 나설 필요도 없어. 우리가 저들의 클리어 할 수 없다 판단되면 그냥 도망치면 돼."

홍의 말에 샤오춘이 고개를 끄덕였다.

맞다.

굳이 저들과 함께 목숨을 던질 필요는 없으니까.

마음을 굳힌 샤오춘이 어느새 잠이 든 신혁돈을 바라보다 가 고개를 돌려 망치를 보며 말했다.

"저건 뭘까?"

"패러독스 길드 마스터 무기로 알고 있다."

그 순간 샤오춘의 눈에 호기심이 서렸다. 그리곤 잠들어 있는 신혁돈을 한 번 바라본 뒤 다시 워해머를 향해 시선을 던졌다.

훔쳐갈 생각은 없다.

그냥 어떤 능력을 가지고 있는지 한번 들어보기만 할 생각 이다.

샤오춘이 자리에서 일어나 워해머로 다가가 손잡이를 쥐었 다.

그 순간 눈을 감고 있던 주먹만 한 새가 눈을 부릅뜨고 두 사람을 바라보았다. 신혁돈을 바라보고 있던 샤오춘은 새와 눈을 마주쳤고, 몸이 굳는 것을 느꼈다.

공포.

얼굴에 다닥다닥 박혀 있는 징그러운 10개의 붉은 눈은, 마치 '네가 건드릴 물건이 아니다.'라 말하고 있는 듯했다.

"…개소리."

주먹만 한 새에게 겁을 먹었다는 사실을 부정하려는 듯 샤오춘은 워해머의 손잡이를 쥔 뒤 힘껏 들었다.

한데 꿈쩍도 하지 않는다.

"까아악!"

그와 동시에 짧은 울음을 뱉은 새가 샤오춘에게 날아들었다. 새를 쫓기 위해 한 손을 휘두른 순간.

새의 배 부분이 옅은 빛을 토했고, 새가 몸집을 부풀렸다.

"무슨……."

3m도 되지 않는 거리를 날아오는 동안 새는 2m가 넘게 커졌다. 열 개의 붉은 눈과 두 쌍의 날개, 날카로운 부리와 발톱.

샤오춘은 워해머를 집으며 뒤로 물러서려 했으나 여전히 워해머는 꿈쩍도 하지 않았고 결국 균형을 잃은 샤오춘이 뒤로 넘어졌다.

"으… 으어어……."

쿠당탕!

그 모습을 지켜보고 있던 홍이 쏜살같이 달려와 무기를 뽑아든 채 샤오춘의 앞을 가로 막았다.

그들의 우려와는 달리 새는 달려들지 않았다.

그저 워해머의 손잡이 부분에 아슬아슬하게 앉아 두 사람을 지켜볼 뿐이었다.

새가 달려들 생각이 없다는 것을 깨달은 홍은 자신도 공격할 의지가 없다는 것을 알리기 위해 무기를 내려놓은 뒤 양손바닥을 보였다.

그러자 새는 마치 알아들었다는 듯 고개를 한 번 까딱인 뒤 다시 신혁돈의 가슴으로 날아가며 크기를 줄였다.

다시 주먹만 해진 도시락은 아무런 일도 없다는 듯 깃털을 고르기 시작했다.

그 모습을 본 홍이 짧은 한숨을 토한 뒤 말했다.

"영상에서 본 그 새다. 크기를 마음대로 조절할 수 있는 능력이 있나 보군."

홍의 말에 넘어져 있던 샤오춘이 헛웃음을 흘렸다.

"내가 멍청했어."

"그걸 이제야 알았나?"

샤오춘은 고개를 휘휘 저으며 일어났다. 그는 엉덩이를 한 번 턴 뒤 도시락을 향해 고개를 까딱이며 손을 흔들었다.

"네 주인의 물건을 건드려서 미안하다."

도시락은 중국어를 알아듣기라도 한 듯 고개를 까딱였고 샤오춘은 다시 한 번 헛웃음을 흘렸다.

샤오춘은 소파에 앉아 식은땀을 훔친 뒤 바지춤을 벌려 힐끗거리며 말았다.

"날아오는 순간 오줌 지리는 줄 알았어."

홍이 피식 웃음을 흘린 뒤 말했다.

"저 새가 나보다 강한 것 같아."

그의 말에 샤오춘이 단호히 고개를 저었다.

"아니, 영상 봤잖아. 우리 둘이 덤벼도 저 새는 못 이겨."

"오랜만에 바른 소리를 하네."

샤오춘이 눈을 부라리자 홍이 미소를 지은 채 고개 휘휘 저었다.

"그나저나 저 워해머, 왜 안 든 거지?"

"안 든 게 아냐, 못 든 거지. 힘을 줄 때마다 꿈쩍거리는 걸 보니 바닥에 붙어 있는 건 아닌데, 쇠기둥으로 고정이라도 시켜둔 듯 움직이질 않아."

홍은 호기심이 생기는 지 워해머를 바라보았지만 도시락의 눈빛이 생각나 곧 고개를 돌려 버리며 말했다.

"아까 그 여자가 6시간이라 했나."

"홍서현? 그런 이름이었어. 왜, 할 일이 생각났어?"

"아니, 어차피 우리가 할 일은 없을 것 같으니 잠이라도 자 두려고."

홍의 말에 샤오춘이 천천히 고개를 끄덕였다.

두 중국인은 누가 먼저 잠드는지 내기라도 한 듯 자리를 잡고 눕자마자 잠에 들었다.

그 모습을 지켜보고 있던 도시락 또한 잠이 오는지 천천히 꾸벅거리기 시작했다.

*　　　　*　　　　*

상의를 벗은 윤태수가 의료용 침대에 앉아 있고 이서윤은 그의 등에 새겨진 마법진을 살피고 있었다.

"어디 아픈 데는 없죠?"

"아프길 바라는 목소립니다?"

"태수 씨 주둥이는 물에 빠져도 동동 뜰 거예요."

"어릴 때부터 종종 들었던 말이라 실험해 보러 바다에 가 본 적이 있습니다."

황당한 말에 이서윤이 되물었다.

"진짜요?"

"예."

"…그래서요?"

이서윤은 마법진을 살피던 것도 멈추고 윤태수의 뒤통수를 바라보았고, 살짝 고개를 돌려 그녀의 얼굴을 바라보며 말했다.

"제 넓은 어깨를 보면 아시겠지만, 제가 어릴 때 수영을 좀 했습니다."

"사족은 떼고 말씀하시죠?"

"사족이 아니라 사실입니다만, 어쨌거나 저는 물에 빠지면 그대로 가라앉지 주둥이만 뜨는 특이 체질은 아닙니다."

"그냥 가라앉지 그랬어요."

"딱 가라앉는데 서윤 씨 얼굴이 아른거리지 않습니까? 그 순간 힘이 막 솟구치면서……."

무언가 있을까 내심 기대를 하며 듣고 있던 이서윤이 윤태수의 등을 짝 소리 나게 때렸다.

"헛소리 말고 앞이나 봐요."

윤태수는 피식 웃고서는 허리를 폈다. 그러자 이서윤이 말했다.

"증폭이나 감쇄를 사용할 때 이상한 점은 없나요?"

"네, 별다른 건 없습니다. 아공간도 잘 쓰고 있고. 그래서 그런데 이번에 쉬면서 마법진 하나만 더 연구해 주십시오."

"무슨 욕심이 그렇게 많아요? 이번에 에픽 아이템까지 챙

겼으면서."

"내가 쓸 거 아닙니다. 동생들 챙겨주려고 그러는 겁니다. 에픽 아이템을 나 혼자 챙기자니 미안해서 말입니다."

이서윤이 헛웃음을 흘렸다.

"…아니, 당신이 동생 챙기는 데 왜 내가 고생을 해야 되는 거죠?"

그녀의 말에 윤태수가 악동 같은 목소리로 되물었다.

"당신이요?"

이서윤이 짧은 한숨을 흘렸다.

"애예요?"

"남자는 죽을 때까지 애라던데요."

"시끄러워요. 혁돈 씨 앞에서도 한번 이렇게 해보시죠?"

"그런 모습이 좋으시다면야 얼마든지."

"…말을 말죠."

이서윤은 고개를 휘휘 젓고선 몸을 돌리며 말했다.

"아무런 이상 없어요. 가보세요."

윤태수는 윗옷을 다시 입은 뒤 말했다.

"예, 그럼 잘 부탁드립니다."

"안 한다니까?"

"항상 믿고 응원하는 거 아시죠? 그럼 고생하시고, 무사히 돌아오겠습니다."

이서윤은 손을 휘휘 저었고 윤태수는 그녀의 연구실을 나와 거실로 돌아왔다. 거실에서는 신혁돈과 두 명의 중국인이 자고 있었는데, 중국인들은 배를 다 내놓은 채 벅벅 긁으며 자고 있었다.

"…누가 중국인들 아니랄까봐."

*　　　　*　　　　*

6시간이 지나고 해가 졌다.

신혁돈이 하루라 이야기하긴 했지만 그래도 마왕의 시련이었기에 넉넉하게 음식과 식수를 사온 떨거지 셋은 짐을 차에 실어둔 뒤 거실로 돌아왔다.

그러자 거실에 있던 신혁돈이 말했다.

"백차의 세 번째 차원은 뭐가 나오지?"

"언데드의 차원입니다."

샤오춘의 대답이 홍서현을 통해 통역된 순간, 듀라한의 차원을 겪었던 이들의 얼굴에 음영이 드리웠다.

"…진짜 싫다."

모두의 반응에 당황한 샤오춘이 홍서현을 바라보았지만, 그 당시 패러독스에 없던 홍서현은 어깨를 으쓱할 뿐이었다.

"아이가투스의 다섯 번째 시련이 언데드였습니다. 정말⋯ 죽도록 고생했지 말입니다."

윤태수의 설명을 들은 홍서현은 고개를 끄덕인 뒤 중국인들에게 통역해 주었고, 중국인들은 밝은 얼굴이 되었다.

다섯 번째 시련이 언데드였다면, 세 번째 시련보다는 훨씬 강했을 것이고 그들만의 노하우가 있을 것이라 생각했기 때문이다.

"등장하는 괴물들은?"

"좀비와 구울입니다. 산의 형태를 한 차원이고, 살아생전에 산적이었는지 그런 무기를 사용합니다."

"메이지 계열의 몬스터는 본 적 없나?"

"예."

"보스 몬스터나 패턴 몬스터는?"

"둘 다 본 적이 없어 모르겠습니다."

윤태수가 혀를 차며 말했다.

"결국 아무것도 모른다는 거구만."

윤태수의 말에 백종화가 피식 웃으며 말했다.

"언제는 알고 들어갔나."

"⋯그건 또 그러네."

모두가 헛웃음을 흘리자 신혁돈이 자리에서 일어서며 말했다.

"그럼 가자."

신혁돈이 바닥에 박혀 있는 것 같았던 워해머를 한 손으로 들어 어깨에 걸친 채 말했고 그의 한마디에 이서윤을 제외한 다른 이들이 자리에서 일어나 밖으로 향했다.

이서윤은 남아서 한 명, 한 명에게 인사를 건넸고 모두가 나가자 홍서현이 중국인들에게 말했다.

"가시죠."

묻고 싶은 게 산더미 같았지만 무엇부터 물어야 할지 생각을 정리하지 못한 샤오춘은 그저 고개를 끄덕인 뒤 그들의 뒤를 따라 차로 향했다.

* * *

신혁돈 일행이 레드 홀 F등급 차원문에 도착했다.

그러자 도시락이 신혁돈의 어깨에서 내려오며 원래의 모습으로 돌아갔다.

"와……."

브리아레오스와 고르곤 고기를 원껏 뜯어 먹은 도시락은 더욱 커졌다. 머리부터 발끝까지 5미터는 될 것 같았고, 날개의 끝에서 끝까지 재면 10미터는 넘을 듯했다.

"진짜 괴물이네."

감탄밖에 나오지 않는 모습에 두 중국인이 탄성을 토했고, 그사이 다른 이들은 도시락에 등에 짐을 싣고선 말했다.

"타세요."

두 사람은 지은 죄가 있는 지라 뻘쭘하게 서 있다가 홍서현의 말을 듣고서야 도시락의 등에 올랐다.

그러자 도시락이 날아올랐다.

*　　　　　*　　　　　*

[백차의 세 번째 차원에 진입하셨습니다.]

[백차의 세 번째 시련이 시작됩니다.]

[시련을 클리어하지 않고 차원을 벗어날 시, 백차의 저주가 적용됩니다.]

['백차의 저주']

—72시간 뒤 사망한다.

—백차의 차원에 다시 돌아올 시, 남은 시간이 리셋된다.

—백차의 차원을 클리어할 시 저주가 해제된다.

차원에 들어선 두 중국인은 깊은 한숨을 내쉬었다. 30시간이 조금 넘게 남아 있던 시간이 72시간으로 차오른 것을 느꼈기 때문이었다.

그와 동시에 코끝을 찌르는 시큼한 냄새에 인상을 찌푸렸다.

"정말 싫은 냄새예요."

"동감."

김민희의 말에 윤태수가 고개를 끄덕였다.

신혁돈은 도시락을 날려 보내 정찰을 하게 했고, 그사이 일행은 진형을 구축했다.

이제는 말을 하지 않아도 자연스럽게 자리를 잡는 것이 제법 숙련자의 느낌이 났다.

그 사이에서 개밥의 도토리처럼 존재감을 표하던 두 중국인은 신혁돈의 명령에 따라 백종화의 옆으로 갔다.

주변은 나무가 듬성듬성 자라 있는 돌산이었다.

차원문이 생겨난 곳은 산의 중턱이었고, 샤오춘의 말에 따르면 길을 따라 올라가면 산 정상에 요새 같은 것이 있다고 했다.

"헤드 헌팅으로 간다."

신혁돈의 말에 모두가 고개를 끄덕였다. 두 명의 중국인만 빼고.

"…시련에서도 그게 가능해?"

"다른 사람들이 의문을 표하지 않는 걸 보면 가능하단 소리 아닐까?"

조금이나마 중국어를 알아듣는 홍서현이 헛웃음을 흘리자 백종화가 그녀를 바라보았고, 홍서현은 아니라는 뜻으로 손을 저었다.

"아저씨, 진실의 눈은 나름 엘리트 집단이라 하지 않았어?"

"그래, 나름."

신혁돈의 대답에 여기저기서 헛웃음이 터졌고, 이해하지 못한 두 중국인만 의아한 얼굴이 되었다.

"출발."

믿기로 했으나, 여전히 이해가 되질 않았다.

샤오춘과 홍은 백차의 세 번째 시련에서 동료 열 명을 잃었다. 그런 차원문에서 시시덕거리며 농담이나 주고받고, 헤드 헌팅으로 가겠다니.

아무리 고르곤을 잡았고, 여섯 번째 시련을 클리어한 사람들이라지만 백차의 시련은 처음일 것이다.

이해가 되지 않아 자연스럽게 미간이 찌푸려졌고 불신이 쌓여갔다.

그리고 그 불신은, 10분도 되지 않아 해소되었다.

아이가투스의 눈속임 망토는 브리아레오스를 처치하며 6단계 진화를 마쳤고, 신혁돈에게 동물을 넘어서 어마어마한 오감을 선물해 주었다.

"전방 200미터에 270… 아니, 310마리 정도. 무기는 쇠 종류. 원거리 무기는 없다. 메이지도 없고. 전부 좀비 혹은 구울이고, 말발굽 소리가 들리는 것을 보아 기사 종류의 언데드가 하나 있다. 그놈이 대장이겠군."

신혁돈의 말에 일행의 기세가 변했다.

방금까지 풀어진 활줄 같은 느낌이었다면, 지금은 팽팽히 당겨진 활줄이다. 화살까지 매어진.

순간 변한 분위기에 적응하지 못한 두 중국인이 홍서현을 바라본 순간.

"가만히 서 있어요. 알아서 지켜줄 테니까."

홍서현의 말과 함께 두 사내의 앞으로 김민희와 안지혜가 섰다.

자신의 앞을 막고 서는 조그만 체구의 두 여자를 본 샤오춘이 미간을 구기고 무어라 말하려는 순간, 홍이 그의 가슴을 툭 치며 말했다.

"일단 지켜본다."

샤오춘은 입술을 씹으며 전방을 바라보았고, 코를 뜯어내고 싶은 썩은 내와 함께 시체들이 하나둘씩 모습을 드러내기 시작했다.

*　　　　*　　　　*

몇 그루 없는 나무들을 부러뜨리며 좀비와 구울들이 파도처럼 밀려들기 시작했다.

제일 앞으로 나아간 신혁돈이 앞을 가리키며 말했다.

"다 태워."

신혁돈의 말이 떨어지자 홍서현이 지팡이로 바닥을 찍으며 길드원 전체에게 축복을 걸어주었고, 그와 동시에 백종화가 손을 들어 올리며 외쳤다.

"불타라!"

그 순간 화염으로 만들어진 벽이 신혁돈의 바로 앞으로 솟구쳐 올랐다. 벽은 천천히 앞으로 전진하며 언데드 부대를 향해 나아갔고, 언데드 부대는 뒤에서 미는 아군 때문에 뒤로 물러서지도 못하고 불의 벽을 향해 걸어 들어갔다.

"구어어……"

"기에엑……"

맥없는 비명조차 불의 벽을 넘지 못했고 반 이상의 좀비와 구울들이 불타 죽고서야 언데드 부대가 뒤로 물러서기 시작했다.

백종화는 슬슬 에르그 에너지가 부족한지 신혁돈에게 눈짓을 했고 그러자 신혁돈이 말했다.

"태수, 갑옷 써봐야지."

"기다리고 있었습니다!"

"저기 해골 말 위에 타고 있는 스켈레톤 보이지?"

"…어디 말입니까?"

윤태수는 신혁돈의 손끝이 가리키는 방향을 유심히 살폈고 어느새 백여 미터 밖으로 물러난 곳에 홀로 높이 떠 있는 해골 하나를 발견했다.

"아, 보입니다."

"저것만 살려둬."

"넵!"

여섯 번째 시련조차 클리어할 정도로 강해진 이들에게 세 번째 시련에서 등장하는 괴물들은 아이들 장난감이나 다름없었다.

윤태수는 천천히 걸어 나가며 에르그 에너지를 끌어 올려 흉갑에 집어넣었고 그러자 흉갑이 착착거리는 소리와 함께 윤태수의 몸을 뒤덮었다.

"핫!"

윤태수는 신체에 증폭을 걸며 앞으로 달려 나갔고, 순식간에 거리를 좁힌 윤태수는 팔을 뒤로 한 채 가슴을 쭉 내밀었다.

그 순간 그의 등에서 잔잔히 빛을 뿜고 있던 빛의 날개가 윤태수를 덮을 정도로 거대해졌고, 고르곤의 분노가 그의 가슴에서 토해졌다.

콰아아아아!

노란빛을 띠던 바위가 유리가 되어버릴 정도로 엄청난 열기의 폭풍이 쏘아졌고 그의 앞에 있던 언데드들은 지우개로 지운 듯, 싸그리 사라져 버렸다.

"워후."

백종화가 짧은 감상평을 던졌고 김민희와 고준영은 부럽다는 눈초리로 윤태수의 등을 바라보고 있었다.

고르곤의 분노를 통해 기선을 제압한 윤태수는 검을 뽑아든 채 전장을 누비기 시작했고 몇 분이 채 지나기 전에 모든 언데드가 조각나 쓰러졌다.

순식간에 홀로 남은 스켈레톤 기사는 도망치려다 허리를 잘리고선 윤태수에게 새하얀 두개골을 잡힌 채 질질 끌려왔다.

"여기 적장의 목을 베어왔습니다."

점점 능글맞아지는 모습에 신혁돈은 헛웃음을 흘리고선 해골 기사의 머리를 깨부쉈다.

그리곤 코어를 꺼내 씹어 삼켰다.

이제는 익숙해진 모습에 다들 아무렇지 않아 했지만 중국인 둘은 아니었다.

그들이 보아온 메이지들은 머리통만 한 불덩이를 발사하거나, 혹은 허공에 얼음 창 몇 개를 만들어내는 이들이 전부였다.

아니, 현재 메이지들의 수준이 딱 그 정도였다.

그런데 이건 무엇이란 말인가.

3m에 이르는 불의 벽이 거의 30m가량의 길이로 펼쳐졌다. 그것만 해도 믿을 수 없는 광경인데 자신들을 마중 나왔던 윤태수라는 남자는 무슨 무신(武神)이라도 강림한 듯 미친 듯이 싸운다.

"…이게 뭐야 도대체."

그들의 여유는 절대 오만 같은 것이 아니었다. 강자이기에 자연스럽게 흘러나오는 여유였다.

그것이 이해된 순간 샤오춘은 고개를 푹 숙였다.

자신이 한 행동이 부끄러워진 것이다.

자신보다 몇 수는 앞서 있는 고수들을 알아보지 못하고 그 앞에서 당신들이 강해봤자 얼마나 강하냐 짖어댔으니.

"홍."

"웅."

"우린 살았다."

"같은 생각이다."

두 사람이 대화를 나누는 사이, 신혁돈은 영혼 포식을 통해 해골 기사의 기억을 읽었다.

모든 기억을 흡수한 신혁돈은 혀를 찬 뒤 말했다.

"차원지기는 리치, 근처에 패턴 몬스터인 해골 기사 둘 더 있다."

신혁돈의 말에 김민희가 벌레라도 본 듯 미간을 구겼다.

"아… 마법 진짜 아픈데."

"안 아플걸?"

어느새 갑옷을 해제하고 원래의 모습으로 돌아온 윤태수가 김민희의 말에 답했다.

"어떻게 알아요?"

"봤잖아. 쟤네, 겁나 약해. 네 방어력이면 그냥 몸으로 받아도 안 아플 거다."

"…그런가?"

두 사람이 대화가 끝나자 신혁돈이 말했다.

"산채 중앙에 나무로 만들어진 큰 집이 있고, 그 집에 리치와 패턴 몬스터가 있다. 도시락이 돌아오면 산채의 중앙에 있는 집의 옥상으로 들어간다. 민강태, 한연수, 고준영, 김민희가 몸으로 밖을 막고, 안지혜, 홍서현이 그들을 서포트. 종화와 태수는 나와 함께 리치와 해골기사를 잡는다. 이남정은 중국인 둘 지키고."

다들 대답을 하자 홍서현이 중국인 둘에게 작전을 설명해 주었고 두 사람은 순순히 고개를 끄덕였다.

*　　　　*　　　　*

"까아아악!"

도시락이 멀리서부터 기성을 지르며 돌아오고 있었다. 어딘가 신이 난 듯한 울음에 신혁돈이 도시락을 바라보았고 헛웃음을 흘렸다.

그러자 윤태수가 물었다.

"왜 웃으십니까?"

"작전 종료다."

"…예?"

윤태수는 고개를 들어 도시락을 바라보았고 모든 이들의 시선이 도시락에게로 향했다.

도시락이 점점 가까워졌고 발에 걸려 있는 무언가가 보였다.

"설마…….."

"왜요? 뭔데요?"

김민희의 물음에 윤태수는 대답 대신 헛웃음을 흘리며 도시락의 발을 가리켰다.

"거적? 뭐지 저… 아, 설마 저거 차원지기예요?"

그녀의 물음에 윤태수가 고개를 끄덕였고 주변에 있던 이들 또한 헛웃음을 흘렸다.

"세상에."

곧 도시락이 일행의 머리 위에 도착해 발톱으로 쥐고 있던 리치를 바닥에 떨어뜨린 뒤 내려왔다.

원래 같았다면 눈에서 푸른 귀화를 뿜고 있어야 할 리치는 모든 진이 빠진 듯 축 늘어져 생명만 붙어 있는 모습이었다.

도시락은 땅에 내려앉자마자 날개 쪽의 깃털을 고르기 시작했는데, 자세히 보니 불에 그슬린 듯 거뭇하게 변해 있었다.

"왜인지 상황이 그려지는데."

정찰 갔던 도시락을 향해 리치가 불덩이를 쏘았을 것이고, 화가 난 도시락은 그대로 리치를 공격했을 것이다.

"…허, 언제 저렇게 컸대."

"하긴 고르곤이랑 맞다이 뜨던 놈인데."

다들 한마디씩 던지는 사이 신혁돈이 차원지기의 머리를 밟아 부서뜨렸다. 그러자 차원지기의 심장과 가이아의 목소리, 에르그 코어가 떠올랐고 신혁돈은 차원지기의 심장을 챙긴 뒤 가이아의 목소리에 손을 얹었다.

[아이가투스가 분노했습니다.]

"…뭐?"

가이아의 목소리는 거기서 끝나지 않았다.

[아이가투스는 자신의 시련을 통과하는 도중, 다른 마왕의 시련에 도전한 당신의 행동에 커다란 모욕을 느꼈습니다. 그는 당신을 용서하지 않을 것입니다.]

마치, 가이아가 자신에게 이야기하는 듯했다.

신혁돈의 표정이 굳어질수록 길드원들의 표정 또한 구겨지기 시작했다.

보통 가이아의 목소리를 들을 때, 신혁돈은 빠르게 고개를 끄덕인 뒤 길드원들에게 내용을 설명해 주곤 했다.

한데 고작 세 번째 시련을 클리어한 뒤 신혁돈의 표정이 굳고 있다는 것은 무언가 잘못되고 있다는 뜻이나 다름없었다.

[탐닉의 마왕, 백차는 감각의 마왕, 아이가투스의 분노를 감당하지 못했습니다.]

"형님?"

윤태수가 신혁돈에게 한 걸음 다가오며 그를 불렀고, 신혁돈이 대답했다.

"…아이가투스가 분노했다는군."

"그럼 어떻게 되는 겁니까?"

"몰라."

[아이가투스가 백차의 차원에 개입합니다. 저로서는 막을 수 없습니다. 남은 시간은 31초. 그 안에 차원석을 부수고 차원문을 통해 탈출하세요.]

개입?

탈출하지 못한다면 어떻게 되는 거지?

생각할 시간조차 없다.

"이런 썅"

신혁돈은 욕설을 뱉음과 동시에 도시락을 가리키며 외쳤다.

"타!"

어떻게 된 것인지 설명을 들을 새도 없이 길드원들이 도시락에게 올라탔고, 신혁돈은 멍하니 서 있는 중국인들에게 달려가며 세뿔가시벌레의 몬스터 폼을 발동시켰다.

"으어!"

신혁돈은 순식간에 두 중국인의 허리를 낚아채 양쪽에 끼운 뒤 날아올랐고 그 뒤로 모두를 태운 도시락이 날아올랐다.

여기까지 걸린 시간이 5초가량.

신혁돈은 쉴 새 없이 겹날개를 움직이며 차원석이 있는 곳으로 날았다. 그의 뒤를 도시락이 쫓았고 신혁돈은 20초도 걸리지 않아 차원석이 있는 곳에 도착했다.

마음 같아서는 오는 동안 소리쳐 알려주고 싶었지만 자신의 날갯짓 소리가 너무 컸기에 아무리 소리를 친다 해도 들릴 리가 없었다.

그나마 다행인 점은 도시락이 리치를 잡는다고 날뛴 덕에, 차원지기가 지키고 있던 집은 무너져 있었고 그 때문에 차원석이 드러나 있었다.

신혁돈은 중국인 둘을 바닥에 던진 뒤 워해머로 차원석을 내리쳤었다.

콰아앙!

단 한 방에 차원석이 부서지고 그 위로 차원문이 떠올랐다.

차원석에서 흘러나온 에르그 에너지가 차원문을 만드는 시간이 영겁의 세월처럼 느껴졌다. 몇 초도 지나지 않아 차원문이 완성되었고 그 순간, 신혁돈은 이제 몸을 일으키고 있는 중국인 둘을 낚아챈 뒤 차원문 밖으로 던졌다.

그리곤 고개를 돌려 뒤를 보았다.

도시락은 이제야 바닥에 발을 딛고 있었다.

남은 시간은 3초.

모두가 탈출할 수 없다.

신혁돈 혼자 두 명 정도를 데리고 도망친다면 가능하겠지만, 그랬다간 남은 이들 모두가 죽는다.

자신이 죽을 것을 알면서도 끝까지 그의 등을 지켜주었던 백종화, 윤태수, 김민희가 자신의 그릇된 선택 때문에 죽게 될 것이다.

그럴 순 없다.

죽어도 자신이 죽었지, 다른 이들을 죽게 할 순 없다.

신혁돈은 차원문을 등진 채 뒤로 돌았다.

"…씨발."

신혁돈이 욕을 뱉은 순간.

마치 누군가 차원문을 잡아 뜯기라도 한 듯, 콰작! 하는 소리와 함께 차원문이 사라졌다.

그와 동시에 사방에서 언데드들이 기어 나오기 시작했다.

도시락의 등에서 신혁돈이 하는 것을 보고 있던 이들은 곧바로 내려와 신혁돈을 주축으로 진형을 갖추었다.

"무슨 일입니까?"

"식량 얼마나 있냐?"

"…한 사흘 치 가져왔습니다. 아껴 먹으면 일주일은 먹을 거 같은데. 왜 그러십니까?"

신혁돈은 긴 한숨을 내쉬었다.

백종화는 손가락으로 공기를 조종해 마치 기관총을 쏘듯 언데들을 학살하며 말했다.

"세상 다 산 표정 짓지 마시고 말이나 해봅시다. 무슨 마왕이 직접 찾아오기라도 한 답니까?"

"그것보다는 낫다."

"그럼 뭡니까?"

"우리가 백차의 시련을 대신 클리어해 준 덕에, 아이가투스가 모욕을 느꼈고 차원에 개입한다는군."

신혁돈의 말에 이남정이 씹어 뱉듯 말했다.

"…아니, 백차라는 마왕새끼는 지 차원에 다른 마왕이 개입하게 둔 답니까?"

"백차의 힘으로는 막을 수 없다는군."

"거 나약한 새낄세."

이런 상황에도 거칠게 욕을 뱉는 이남정의 모습에 윤태수가 헛웃음을 흘렸다.

"그래서 어떻게 되는 겁니까?"

"최악의 상황에는 마왕이 직접 개입할 것이고… 그나마 차선이 일곱 번째 시련이다."

"아이가투스, 속 좁은 새끼. 우리가 언제 포기한다고 했냐! 조금 이따 간다니까!"

이남정은 화를 참지 못하고 고래고래 소리를 지르며 주변에 나타난 언데드들을 때려 부숴댔다.

그 순간.

하늘에 떠있던 해가 말도 되지 않는 속도로 지기 시작했다. 그와 동시에 땅에 발을 딛고 있던 모든 언데드의 코어가 팍! 하고 터지며 쓰러졌다.

분풀이로 언데드를 두들기고 있던 이남정이 한 걸음 뒤로 물러서며 하늘에 대고 말했다.

"…들렸냐?"

제3장

부유섬 점령전

이남정이 당황해하며 뒤로 물러섰고, 길드원들이 본능적으로 원진을 갖추었다.

적이 어디서 나타나더라도 대응할 수 있게 선 순간, 해가 진 지평선 너머로 보랏빛 어둠이 피어오르기 시작했다.

어둠은 빠르지도, 느리지도 않은 속도로 하늘을 잠식하며 빛을 잡아먹었고, 점점 시야가 어두워졌다.

"백종화."

"밝게 빛나라!"

신혁돈의 목소리에 백종화가 바로 빛 덩이를 소환해 일행의 머리 위로 떠워 올렸다.

그리고 얼마 지나지 않아 하늘이 어둠으로 물들었다. 그리고 하늘에서 물감이 떨어진 듯, 땅조차 검게 물들기 시작했다.

꿀꺽.

누군가가 마른침을 삼켰고 어둠에 물든 땅은 점점 범위를 넓히며 일행을 압박해왔다.

길드원들이 서로간의 간격을 줄이며 원진을 작게 만들었지만 그렇다 해서 일행을 향해 다가오는 어둠의 크기가 줄어들진 않았다.

불안한 눈으로 사방을 둘러보던 도시락의 발에 어둠이 닿은 순간, 도시락이 날개를 펄럭이며 하늘로 날아올랐다.

그때, 신혁돈이 말했다.

"도시락에 타라."

그의 말에 도시락이 길드원들을 향해 다가왔고, 길드원들이 몸을 던져 도시락의 등에 올랐다. 홍서현과 안지혜를 도시락의 등에 던진 신혁돈까지 올라섰다.

그러자 백종화가 떠워놓은 빛의 구를 제외한 모든 것이 보랏빛 어둠에 휩싸였다.

"일반적인 어둠이 아니다."

신혁돈의 말대로 밤과 같은 어둠이 아닌, 사방에 먹물을 뿌려놓은 듯 빛조차 통과하지 못하는 어둠이 사방에 드리워져 있었다.

차라리 적이 나타나 시원하게 싸울 수라도 있다면 이토록 불안하지 않을 것이다.

싸워본 적도 없는 마왕이 개입한다는 메시지와 함께 아무것도 보이지 않으니 심장이 미칠 듯이 뛰었다.

티를 내진 않고 있었지만 신혁돈 또한 불안감에 쉬지 않고 주변을 둘러보고 있었다. 다른 이들 또한 마찬가지.

그때.

픽.

마치 창문 틈으로 바람이 새어 들어오는 같은 소리와 함께 백종화가 켜두었던 빛 덩이가 사라졌고, 보이던 모든 것이 사라졌다.

그와 동시에 백종화가 말했고, 모두가 느꼈다.

"에르그 에너지의 흐름이 휘몰아치고 있습니다."

마치 공기가 사라진 듯, 주변에 흐르고 있던 풍만한 에르그 에너지가 어디론가 빨려가듯 사라지고 있었다.

"…뭐가 어떻게 되는 거야."

고준영이 답답하다는 듯 짧은 한숨을 토했다.

"모두 앉아라."

신혁돈은 사물의 온도를 볼 수 있는 몰맨의 눈을 발동시켰다.

그러자 길드원들의 모습이 보였고, 신혁돈은 앞이 보이지 않아 당황하고 있는 이들끼리 손을 잡게 해주었다.

그리곤 주변을 둘러보았다.

땅과 하늘, 둘 다 온도가 있게 마련인데 이 공간에는 아무것도 없다.

즉 원래 서 있던 차원이 아닌 다른 차원으로 옮겨졌다는 뜻이다.

혹은 이동하는 중이거나.

어딘가로 빠르게 흘러가고 있는 에르그 에너지가 신혁돈의 가설을 뒷받침해 주었고 신혁돈은 천천히 고개를 끄덕인 뒤 입을 열었다.

"가설이 하나 있다."

도시락의 날갯짓 소리만 들리던 찰나, 신혁돈의 목소리가 울리자 모두의 시선이 신혁돈에게로 향했다.

한 줌의 빛도 없어 아무것도 보이지 않지만 본능적으로 고개를 돌린 것이다.

모두의 시선을 확인한 신혁돈이 말을 이었다.

"아이가투스는 자신의 시련에 도전하던 우리가 백차의 시련에 도전한 것에 분노했고, 우리를 자신의 시련으로 데려가려 하고 있다. 즉, 지금의 우리는 차원간의 이동을 하고 있는 거지."

신혁돈의 말을 이들 중 이해한 이들이 고개를 끄덕였다.

빛이 사라지자 시각을 잃었지만 나머지 감각은 멀쩡하다 못해 예민해진 상태, 그런 와중에 빠르게 움직이는 에르그 에너지를 못 느낄 리 없었다.

"가능성 있다고 봅니다."

백종화가 말을 이었다.

"문제는… 아이가투스가 우리를 어느 차원에 데려다 놓을 것이냐는 것이겠죠."

그의 말에 입술을 깨문 윤태수가 천천히 입을 열었다.

"아무래도 7번째 시련 아니겠습니까? 아이가투스가 분노한 이유는 자신의 시련을 무시하고 백차의 시련에 도전한 것 때문이잖습니까. 그만큼 자신이 만들어 놓은 차원에 대한 자긍심이 있다는 건데 7번째 시련을 클리어하기도 전에 8번째나 그 상위 단계로 보내진 않을 겁니다."

"그럴 듯하네."

"그럼 알고 있는 정보를 기반으로 추리라도 해봅시다."

윤태수가 짝하고 박수를 친 뒤 말했다.

"서현 씨, 하피에 대해 알고 있는 정보가 뭐뭐 있습니까?"

"일단 세 자매의 능력이죠. 질풍, 빨리 나는 자, 새까만 폭풍의 구름. 이렇게 셋이 있어요."

홍서현의 말에 백종화가 물었다.

"…그걸 가지고 능력을 알 수 있나요? 질풍이나 빨리 나는 자는 그나마 감이 오는데 새까만 폭풍의 구름은… 텐구 놈들 같은 건가."

"잘 모르겠어요. 만나 봐야 알겠죠. 그리고 하피의 약점은 식탐이에요. 무슨 급한 일이 있더라도 먹을 게 있다면 절대 못 지나치죠."

"신화에 나오는 내용입니까?"

"예."

조용히 듣고 있던 김민희가 물었다.

"하피의 입장에서는, 우리도 '먹을 것'에 해당되겠죠?"

순간 침묵이 찾아왔다.

그 순간.

저 멀리서 붉은 점이 보였다. 신혁돈은 몰맨의 눈을 해제한 뒤 다시 한 번 바라본 뒤 말했다.

"빛이다."

신혁돈의 말에 길드원들이 부산스럽게 움직이며 고개를 돌려 빛을 찾았고 곧 그들 또한 빛을 발견했다.

빛은 빠른 속도로 가까워졌고, 신혁돈은 자세를 낮추며 말했다.

"뭐든 붙잡아라."

차원문을 천천히 통과하는 듯한 느낌이 온몸을 훑었고 시야가 흔들린 순간, 새로운 세상이 펼쳐졌다.

                *   *   *

 어둠을 통과한 순간 강렬한 빛이 모두의 눈을 덮쳤다.

"까아악!"

 도시락은 열 개의 눈을 껌뻑이며 균형을 잡기 위해 뒤뚱거리며 날았다, 길드원들은 신혁돈의 말 덕에 도시락의 몸에서 떨어지지 않을 수 있었고 곧 눈을 비비며 주변을 살필 여유가 생겼다.

"땅이다!"

 새파란 초원이 지평선 너머까지 펼쳐져 있었다. 낮은 구릉들이 굴곡을 더해 주었고, 이러지리 솟아난 나무들이 어지럽게 널려 있다.

"내려가."

 신혁돈의 말에 도시락이 착륙했고 신혁돈이 제일 먼저 땅을 밟았다.

 그 순간.

[아이가투스의 일곱 번째 차원에 진입하셨습니다.]

[아이가투스의 일곱 번째 시련이 시작됩니다.]

신혁돈의 뒤로 길드원들이 하나둘씩 땅을 밟았고 그들 또한 같은 메시지를 봤는지 헛웃음을 흘렸다.

"이거 겁나 단순한 새끼네."

이남정이 투덜거리며 너클을 착용한 뒤 도시락의 뒤편을 경계하고 섰다.

다른 이들 또한 각자의 자리를 찾아가며 무기를 뽑아들고 주변을 살폈다.

"여기 대기해."

말을 마친 신혁돈은 도시락에게 북쪽을 정찰을 하라 명령했고, 도시락이 날아오르자 세뿔가시벌레의 폼을 발동시킨 뒤 남쪽 하늘로 날아올랐다.

하늘 높이 날아올랐지만, 아이가투스의 네 번째 차원에서 리토넬을 상대할 때처럼 어떤 막이 존재하진 않았다.

신혁돈은 땅에 있는 것들을 살피며 하늘을 향해 솟구쳐 올랐지만 하늘을 가로막고 있는 것은 없었다.

공기가 희박해지며 숨을 쉬기 힘들어지자 신혁돈은 천천히 고도를 낮추었다.

'하늘을 막고 있는 것이 없다.'

즉 하늘을 날아다니는 무언가가 있다는 뜻이다.

'하피의 차원이 맞나 보군.'

천천히 고개를 끄덕인 신혁돈은 일행이 있는 곳을 한 번 바라본 뒤 고개를 돌려 주변을 살폈다.

초원은 말 그대로 끝없이 펼쳐져 있었다.

땅 위에 존재하는 것은 풀과 나무, 그리고 언덕뿐이었다.

뭔가 이상하다.

아이가투스의 눈속임 망토가 6단계까지 진화한 지금 신혁돈의 눈이라면 10㎞ 밖에 있는 이의 얼굴 표정까지 읽어낼 수 있다.

한데 그의 눈에도 아무런 생물이 보이지 않는 것이다.

그 순간.

후웅. 후웅.

'날개 소리?'

신혁돈의 시선이 소리가 들린 쪽으로 돌아갔고, 신혁돈은 자신의 눈을 의심했다.

"…이런 미친."

하늘에 돌이 떠 있다.

한데 돌의 크기가 어지간한 섬이라 해도 될 정도로 거대하다. 그리고 부유섬에서 검은 점 몇 개가 튀어 나왔다.

신혁돈은 검은 점을 자세히 보았다.

새의 날개를 달고 있었으며 머리와 다리가 새의 그것과 같다. 그리고 인간의 팔과 몸통을 가지고 있는 기이하게 생긴 괴물.

하피다.

"마리카테로!"

제일 선두에 선 하피는 유일하게 인간의 머리를 가지고 있었고, 알 수 없는 언어를 지껄이며 신혁돈을 가리켰다.

신혁돈은 테이밍 스킬을 통해 도시락을 부르며 하늘을 살폈다.

부유섬은 한두 개가 아니었다.

셀 수 없이 많은 부유섬이 신혁돈의 머리 위로 떠 있었으며 그 사이를 날아다니는 하피들이 보였다.

"돌겠군."

하피들에게 느껴지는 에르그 에너지는 많지 않았다.

신혁돈 홀로도 몇 십 마리는 상대할 수 있을 정도.

문제는 전투 방식이다.

패러독스의 길드원 중 공중전을 펼칠 수 있는 건 신혁돈과 도시락뿐이다.

이 둘이 아무리 강하다 한들 수백, 수천에 달하는 하피를 모두 막아낼 순 없는 데다가 차원지기인 세 마리의 하피까지 합류한다면 필패다.

신혁돈은 더욱 고도를 낮추며 일부러 날개 소리를 더욱 크게 냈다.

아래 있는 이들이 신혁돈의 전투를 보고 대비를 하게 만들기 위해서였다.

신혁돈의 의도를 읽은 듯 길드원들의 시선이 하늘로 향했고, 그들과 눈이 마주친 순간.

신혁돈은 고도를 낮추던 것을 멈추고 위해머의 손잡이를 꾹 쥐었다.

얻은 이후로 움직일 때마다 손에 들고 다니다 보니 이제는 신체의 일부로 여겨질 지경이다.

"자, 또 부숴보자."

그 순간.

신혁돈의 혼잣말에 대답하듯, 뼈를 부수는 자의 위해머가 부르르 떨었다.

'뭐지?'

극도로 발달된 감각을 가진 신혁돈이 잘못 느꼈을 리는 없다.

그렇다는 것은 뼈를 부수는 자의 위해머가 지 혼자 부르르 떨었다는 것이 된다. 신혁돈의 생각은 길게 이어지지 못했다.

"마리카테로! 베베!"

어느새 지척까지 날아든 하피가 신혁돈을 향해 들고 있던 창을 냅다 던졌다.

쐐애액!

신혁돈은 살짝 움직여 창을 피했고 자신의 곁을 스치고 지난 창에 담겨 있는 에르그 에너지를 느낄 수 있었다.

무엇인지는 알 수 없다.

불안한 느낌이 든 순간.

뒤에서 들려오던 바람을 찢는 듯한 소리가 멈추었다.

허공을 날아가던 창이 멈춘 것이다.

그제야 신혁돈은 하피의 창이 이상하게 생긴 이유를 알 수 있었다.

그들의 창은 한 쪽에만 날이 달린 것이 아닌, 양쪽에 날이 달려 있었고, 신혁돈은 대수롭지 않게 넘겼다.

하지만 원거리에서 창을 다룰 수 있다면?

이야기가 달라진다.

신혁돈은 자신의 뒤통수를 노리고 날아오는 창을 피함과 동시에 손으로 잡아버렸다.

그 순간, 창에 담겨 있던 에르그 에너지를 흩어버린 신혁돈은 창을 고쳐 쥐었다.

그리곤 자신을 향해 창을 던지고 빈손이 된 하피를 향해 힘껏 던졌다.

쐐애애액!

날아올 때보다 더욱 빠른 속도로 날아온 창을 피하지 못한 하피의 가슴을 꿰뚫었다.

"까아아아!"

마치 새의 울음과도 같은 비명을 흘린 하피가 가슴에 꽂힌 창을 쥔 채 휘청거리며 날았다.

기세 좋게 날아오던 하피들은 이런 싸움을 할 것이라곤 생각 못했는지 속도를 줄이며 천천히 신혁돈을 둘러쌌다.

"누굴 호구로 보나."

자신을 감싸고 거리를 벌린 순간, 수많은 창이 하피들의 의지대로 신혁돈을 노릴 것이다.

펼쳐졌던 날개가 신혁돈을 감싸듯, 하피들이 만든 진이 신혁돈을 둘러싼 순간, 신혁돈은 자신의 앞에 있는 하피를 향해 달려들며 워해머를 휘둘렀다.

깜짝 놀란 하피가 창을 집어 던지며 날개를 펼쳤지만, 창은 신혁돈의 손에 잡혔고 날갯짓은 신혁돈보다 느렸다.

콰드득!

새의 날개는 급하게 방향을 바꾸거나, 갑자기 속도를 내기 힘든 구조다.

그에 반해 벌레의 날개는?

모든 것이 가능하다.

신혁돈의 워해머가 하피의 쇄골 뼈를 내리찍었고 하피는 배트에 맞은 야구공마냥 바닥으로 추락했다.

그 순간, 메시지가 떠올랐다.

[뼈를 부수는 자가 발동되었습니다.]

[뼈를 부숨으로 2배의 공격력이 적용됩니다. 다음 공격으로
뼈를 부술 시 4배의 공격력이 적용됩니다.]

　신혁돈은 씩 웃으며 바로 옆에 있는 하피를 바라보았고, 눈
이 마주쳤다. 하피는 덜덜 떨리는 손을 진정시키려는 듯 카
악! 하고 소리를 질렀지만, 이미 승패는 결정된 것이나 다름
없었다.

　　　　　*　　　　　*　　　　　*

　신혁돈은 입꼬리를 올림과 동시에 바로 옆에 있는 하피를
향해 창을 집어 던졌다.

　긴장을 하고 있던 하피는 순간 몸을 비틀어 창을 피해냈
다. 그 덕에 뒤에 있던 하피가 대신 창에 꿰뚫려 추락했다.

　"카아아아악!"

　하피가 분노를 토하며 신혁돈에게 달려들었다. 하피는 깃
털이 듬성듬성 나 있는 팔로 창의 중간을 쥐고 있다.

　창을 창처럼 사용하는 것이 아니라 봉처럼 사용한다는 방
증!

신혁돈의 예상대로 달려든 하피는 찌르기가 아닌 머리를 내리찍는 공격을 보였고, 신혁돈은 몸을 살짝 트는 것만으로 공격을 피해낸 뒤 하피의 옆구리를 후려쳤다.

"꾸에!"

기괴한 단말마와 함께 워해머에 얻어맞은 하피가 추락했다.

슬쩍 땅을 내려 보니 바닥에 떨어진 하피들은, 한 방울 흘린 케첩과 같은 모습으로 바닥에 처박혀 죽어 있었다.

그사이, 가까이 다가온 하피 하나가 머리를 노리며 창을 내질렀고 신혁돈은 고개를 살짝 틀어 머리에 달린 3개의 뿔로 창을 쳐냈다.

채앵!

하피가 당황하며 창을 거두려는 순간, 거리를 좁힌 신혁돈이 하피의 머리를 깨부쉈다.

"끼에에에!"

순식간에 동료 셋을 잃은 하피들이 분노하며 소리를 질러 댔다. 신혁돈은 미간을 찌푸리며 가까이 있는 하피들부터 한 마리씩 정리하기 시작했고, 하피들은 동료가 맞을까봐 창을 던지지도 못하고 강제로 근접전을 펼쳤다.

신혁돈의 워해머에 하피 5마리가 더 추락했다.

남은 마리 하피의 수는 열 마리.

신혁돈이 다시 한 번 돌진한 순간, 신혁돈의 발아래에서 기다란 창이 소리도 없이 날아들었다.

아무리 소리가 나지 않는다 하더라도 창이 날아오며 공기를 가르는 것까지 막을 순 없었고, 신혁돈은 그것을 느낄 수 있었다.

공격을 멈추고 날개를 펼쳐 뒤로 물러선 순간, 신혁돈을 향해 날아오던 창이 날아오던 것을 멈추고 주인을 향해 돌아갔다.

창의 궤적을 따라 시선을 돌리자 인간의 얼굴을 한 하피가 보였다.

신혁돈과 눈을 마주친 인간 머리의 하피는 다시 한 번 소리를 질렀다.

"마리카테로!"

벌써 세 번째 듣는 말이었다.

침입자 혹은 죽으라는 뜻이겠지.

인간머리의 하피가 소리를 지르자 다른 하피들 또한 소리를 질러대며 몸을 부르르 떨었다.

'저놈이 리더군.'

전투를 쉽게 끝내는 방법 중 가장 간단한 것은 대가리를 치는 것이다.

리더가 죽는 순간 지휘체계가 무너지게 되고 명령 받을 곳을 잃은 잡졸들은 우왕좌왕하게 마련이다.

이것은 아무리 작은 규모의 부대라도 똑같이 적용된다.

'머리부터 딴다.'

마음을 굳힌 신혁돈이 리더를 향해 돌진했고 리더 또한 신혁돈의 돌진을 피하지 않고 소리가 나지 않는 창을 굳게 쥐고 신혁돈을 향해 내질렀다.

신혁돈의 워해머와 리더의 창이 맞부딪힌 순간.

챙!

리더의 창이 단 한 번의 공격으로 멀리 날아갔다.

당황한 기색이 역력한 리더가 창이 날아간 방향을 향해 손을 뻗었고 창이 중력을 무시한 채 돌아오기 시작했다.

하지만 창이 돌아오는 것보다 신혁돈의 워해머가 빨랐다.

콰직!

"끅!"

워해머의 송곳 부분이 리더의 머리를 내리고 떨어졌으나 리더는 간신히 몸을 틀어 어깨로 워해머를 받아냈다.

하지만 그게 다다. 뒤이어 휘둘러지는 공격은 막지 못했고 결국 한 방울 케첩 신세가 되었다.

"카아아아!"

리더를 잃은 하피들은 한 줄기 희망마저 잃은 듯 신혁돈에게서 거리를 벌리며 창을 던져댔지만 눈 먼 창을 맞아줄 신혁돈이 아니었다.

쾅! 쾅! 쾅!

한 방에 한 마리씩 모든 하피를 정리한 신혁돈은 빠르게 주변을 훑었다.

신혁돈의 근처로 날아오는 하피는 없었다.

5분도 안 되는 사이, 스무 마리가량의 하피를 모두 정리한 것이다.

주변을 살피는 사이 멀리서 도시락이 날아오는 것이 보였다.

도시락 또한 한바탕 전투를 치른 것인지 날갯죽지에 창 하나를 꽂고 있었다.

"저 새대가리……."

당하고만 있던 것은 아닌지 도시락의 발톱과 부리에는 하피의 피와 깃털이 덕지덕지 붙어 있었다.

신혁돈은 도시락에게 땅으로 내려가라 명령한 뒤 다시 한 번 하늘을 올려보았다.

'부유섬이라……'

수백 개는 될 법한 섬들 사이로 검은 점처럼 보이는 하피들이 신혁돈을 내려다보고 있었다.

아직은 달려들 생각이 없는지 몇 km는 될 법한 거리 밖에서 보는 것이었지만 하피들 또한 신혁돈 못지않은 시력을 가지고 있는지 똥을 씹은 표정을 하고 있었다.

당연하다.

어디선가 나타난 시커먼 덩어리가 자기네 동족 스무 마리를 쳐 죽였으니 표정이 좋지 않을 수밖에.

입매를 비죽인 신혁돈은 하피들에게서 시선을 돌린 뒤, 땅으로 내려갔다.

"까으악. 까으악."

신혁돈이 내려오는 것을 본 도시락이 죽는 소리를 내며 엉덩이를 흔들어댔다. 그럴 때마다 꼬리깃 근처에 꽂힌 창 하나가 낭창거렸다.

"뽑아줘?"

"까으악……."

신혁돈은 헛웃음을 흘린 뒤 도시락의 엉덩이에 박혀 있는 창을 뽑아주었다. 투척용으로 만든 창인지 창촉이 갈고리 모양으로 되어 있었다.

그 덕에 엉덩이 살이 한 주먹은 파인 도시락은 죽겠다고 비명을 질러댔고, 결국 신혁돈에게 발로 차인 뒤에야 조용해졌다.

"가만히 있어라."

신혁돈은 치유 마법진을 통해 도시락의 상처를 치료해 주었다.

워낙 큰 놈이라 티도 나지 않는 상처였지만 살점이 뜯긴 탓인지 꽤 많은 에르그 에너지가 소모되었다.

곧 치료가 끝나자 도시락은 신혁돈보다 조금 작게 크기를 줄인 뒤 신혁돈에게 부리를 비벼댔다.

방금까지 아프다고 깍깍거리던 놈이 애교를 피우는 모습을 보니 자연스럽게 헛웃음이 난다.

"…새대가리 놈."

"깍깍."

신혁돈은 고개를 휘휘 젓고선 길드원들을 향해 걸어가며 말했다.

"봤지?"

"예, 인간과 같은 팔과 다리가 있고 날개를 지닌 괴물. 하피 맞습니까?"

윤태수가 나서며 물었고 신혁돈은 고개를 끄덕여준 뒤 말했다.

"따라와."

신혁돈은 길드원들을 이끌고 하피들의 시체가 떨어진 곳으로 걸어갔다.

미관상 좋은 모습은 아니었으나 에르그 코어와 에르그 기관을 흡수하고 영혼 포식을 통해 언어 체계를 익혀놓아야 한다.

그리고 길드원들에게 하피가 어떤 존재인지 눈으로 확인시켜 줄 필요가 있었다.

시체가 있는 곳에 도착하자 신혁돈이 말했다.

"리더는 저놈. 인간의 얼굴을 하고 있다."

"…머리가 없는데 말입니다."

신혁돈의 말에 윤태수가 되물었다.

그리고 보니 머리를 깨부순 놈이 많아 새의 머린지, 인간의 머리인지 구분이 잘 가지 않았다.

"새대가리는 보통 괴물. 인간 머리를 한 게 리더다."

윤태수는 고개를 끄덕이긴 했지만 이해를 하는 얼굴은 아니었다. 대충 무시한 신혁돈은 다른 것들을 설명했다.

"하피 다리의 발톱을 보면 알겠지만, 잡힌 순간 하피의 발을 잘라 내거나, 잡힌 부위를 잘라 내라."

끔찍한 말이었지만 그게 맞다.

1초라도 지체했다간 그대로 하늘로 끌려 올라갔다가 잘게 찢긴 고기가 되어 땅으로 내려올 것이다.

"안 잡히는 게 최선이겠지."

거대한 새의 그것과 같은 발톱을 살핀 이들이 고개를 끄덕인 뒤 신혁돈의 말에 집중했다.

"속도를 이용해 들이받는 것도 조심해라. 새 새끼들 주제에 몸이 단단하니까."

신혁돈의 말에 몇몇 이들이 하피의 뼈를 눌러보았다.

보통 새들의 뼈는 날기 위해 가벼운 경우가 많다.

하피 또한 그렇다.

하지만 강도가 다르다.

가볍고 튼튼하다.

즉, 지구로 들고 나갈 수만 있으면 돈이 되는 물건이라는 뜻도 된다.

몇 번 뼈를 만져본 윤태수가 계산을 하는지 빠르게 눈을 굴렸고, 신혁돈은 그 모습을 보며 말을 이었다.

"약점은 인간과 같다. 심장을 찌르든 목을 자르든가. 잘 죽는다."

하늘에서 하피를 상대할 때 아무런 생각이 없던 것은 아니다.

어떻게 해야 더 잘 죽일 수 있을지, 공격 패턴이 있는지, 신체 조건은 어떤 것이 있는 지를 전부 살펴두었고 신혁돈은 그 지식을 길드원들에게 전부 전해주었다.

"질문 있나?"

질문이 없자 신혁돈은 고개를 끄덕인 뒤 허리춤에 매여 있는 단검을 뽑아든 뒤 하피의 가슴을 갈라 심장을 꺼내들었다.

상체와 허벅지까진 인간의 모습을 한 놈들이었기에 거부

감이 들기도 했지만 그런 걸 따질 때가 아니다.

물론 그 모습을 지켜보고 있던 길드원들은 황급히 고개를 돌렸다.

가슴을 가른 신혁돈이 무슨 짓을 할지 뻔히 보였기 때문이다.

"우욱."

제일 먼저 뒤로 돌아선 김민희가 헛구역질을 하며 말했다.

"만약 내가 저런 스킬을 얻었다면 사냥은 개뿔, 대학교나 다녔을 거예요."

그녀의 옆에 서서 신혁돈이 에르그 기관을 꺼내 먹는 것을 보고 있던 윤태수가 말을 받았다.

"저 양반처럼 강해질 수 있는데?"

"아예 먹질 못할 걸요."

"생긴 건 돌도 씹어 먹게 생겨가지고."

"뭐요?"

김민희는 윤태수를 쏘아보기 위해 고개를 돌렸다 신혁돈의 손에 들린 하피의 심장과 눈이 마주쳤다.

심장에 눈이 달려 있을 리는 없지만 김민희는 그렇게 느꼈고, 바로 눈을 감아버렸다.

"어우……."

그사이, 신혁돈은 영혼 포식을 통해 하피 리더의 기억을 읽어 들였다.

마치 영화의 예고편 혹은 하이라이트를 보는 것 같은 장면들이 훅훅 지나간 뒤, 신혁돈이 자리에서 일어났다.

마리카테로는 침입자란 뜻이다. 베베는 붙잡으란 뜻이고.

머릿속에서 범람하는 정보를 정리한 신혁돈이 길드원들을 바라보며 말했다.

"하늘에 섬이 보이나?"

그의 말에, 길드원들은 하늘을 보는 것이 아니라 신혁돈을 바라보았다. 그리곤 윤태수가 걱정스러운 목소리로 물었다.

"어디 잘못되신 거 아닙니까? 그러게 괴물 고기 좀 그만 드시라니까."

"…닥쳐."

"넵."

"하늘에 검은 점들이 보이지?"

그제야 길드원들이 눈 위로 손바닥을 대 햇빛을 가린 뒤 하늘을 올려보았다.

검은 점들이 몇 개 보이긴 했다. 마치 지구의 비행기를 보는 듯한 크기의 작은 점들.

"보이긴 합니다만."

"저게 모두 섬이다."

윤태수는 자신의 귀를 의심했다.

"섬 말이십니까?"

"그래, 하피들이 사는 섬이 하늘에 떠있다. 부유섬이라 하지."

적게 잡아도 5에서 10km 상공은 되어 보이는 하늘에 수십, 수백 개의 검은 점이 찍혀 있었다.

"하하!"

이남정이 뜬금없이 크게 웃었다. 무슨 이유인지 윤태수 또한 피식거리며 웃자, 백종화가 물었다.

"왜 웃습니까."

"보스의 다음 말이 예상돼서 말입니다."

이남정의 대답을 들은 백종화는 윤태수를 바라보았고 윤태수 또한 같은 생각이라는 제스처를 취했다.

그쯤 되자 백종화 또한 예상할 수 있었다.

"저기 올라가서 하피를 죽여야 하겠군요."

"그렇지."

"도시락을 타고 올라가서."

"맞아."

날개 길이만 10m는 되는 괴물 새의 등에 올라, 상공 10km 하늘에 떠 있는 섬으로 들어가 신화에 나오던 괴물들인 하피와 싸운다.

이남정이 헛웃음과 동시에 욕지기를 뱉었다.

"아이가투스, 이 개 같은 새끼."

"아니죠. 따지자면 그리드 새끼가 개새끼죠."

윤태수가 이남정의 말실수를 정정해 주자 이남정은 천천히 고개를 끄덕인 뒤 말했다.

"어쨌거나 둘 다 찢어 죽일 새끼들입니다."

"그건 그렇습니다."

한 편의 촌극을 보고 있던 신혁돈은 고개를 절레절레 저은 뒤 말했다.

"그리드건 아이가투스건 잡기 전에 일단 세 마리의 하피부터 잡는다. 제1목표는 부유섬 하나를 장악하는 거다. 출발은 10분 뒤."

신혁돈의 말에 윤태수가 물었다.

"저기 올라가면 숨은 쉴 수 있습니까?"

"가보면 알겠지."

윤태수는 그럴 줄 알았다는 듯 고개를 끄덕였다.

$$* \qquad * \qquad *$$

전투 준비를 마친 뒤 하늘에 떠있는 부유섬을 바라보고 있던 윤태수가 백종화를 불렀다.

"형님."

백종화가 고개를 돌리자 윤태수는 손가락으로 바닥에 그림을 그리며 말했다.

"지금 우리의 전력으로 작전을 짜 보자면 도시락이 뒤에 서고, 그 앞에는 혁돈 형님이 설 겁니다."

"그렇겠지."

"저와 형님, 지혜 씨가 원거리 공격을 하고 나머지는 날아오는 창을 막는다 치면 너무 비효율적인 싸움 구도가 됩니다."

백종화가 고개를 끄덕였다.

하피들은 창을 던진 뒤 조종하는 스킬을 사용한다. 수십 개 이상의 창이 한 번에 날아든다면 아무리 도시락이라 한들 새 꼬치가 되고 만다.

두 명의 메이지가 마법을 통해 막긴 하겠지만 피해를 감수해야 하는 것은 사실이다.

"그래서 말인데 형님이 공격을 포기하고 저와 남정 씨 두 사람 정도를 서포트하는 건 어떻습니까?"

"두 사람을 공중에 띄워 조종해라?"

"그것보다는 공기를 압축시켜 발판을 만드는 겁니다."

"생각을 안 해본 건 아니다만 위험부담이 너무 커. 내가 발판을 만드는 걸 실수하거나 너나 남정 씨가 미끄러지기라도 한다면 전투의 흐름이 깨진다. 그리고 상공 몇 ㎞에서 떨어지면… 저것들처럼 되겠지."

백종화의 시선이 떡이 된 하피들의 시체로 향했고 그의 시선을 따라간 윤태수는 신음을 흘렸다.

확실히 위험부담이 크다.

"쯧, 이번에 나가면 다들 활이라도 한 자루씩 차든가 해야겠습니다."

"활보단 석궁이 나을 거다."

활은 숙련도가 필요하지만 석궁은 조준하고 쏠 줄만 알면 되기에 빠른 시간 내 익숙해질 수 있다.

두 사람이 대화를 나누는 사이 약속했던 10분이 지나고 신혁돈이 길드원들을 불러 모았다.

"작전은 간단하다. 나와 도시락이 길을 뚫는 동안 지혜 씨와 종화가 실드를 펼쳐 도시락을 향해 날아오는 하피들의 공격을 막는다."

뒷말은 필요 없다.

부유섬에 도착하는 순간 발을 디딜 공간이 생기고 그때부터 하피의 허접한 창을 무서워할 사람은 여기 없다.

"이런 방법은 어떻습니까?"

그때, 윤태수가 백종화와 나누었던 대화를 신혁돈에게 전했다.

윤태수의 말이 끝나자 신혁돈이 고개를 저었다.

"굳이 지금 위험을 자초할 필요는 없어. 더 높은 단계의 하피들을 만나면 몰라도 지금은 실드만으로 충분하다."

이미 하피와 한 번 싸워본 신혁돈이 결론을 내렸고, 윤태수는 고개를 끄덕였다.

그가 그렇다면 그럴 것이 분명하니까.

"충분히 활용 가치가 있는 작전이니 부유섬에 도착해 시간이 날 때마다 합을 맞춰봐."

"예."

세 사람이 고개를 끄덕이자 신혁돈이 말했다.

"가자."

*　　　　*　　　　*

"까아아악!"

날개 길이만 10m에 이르는 도시락이 날개를 펄럭이며 떠올랐다. 날갯짓을 한 번 할 때마다 땅이 홀쩍 멀어진다.

바닥을 한 번 내려 본 윤태수는 에르그 에너지를 돌려 고르곤의 흉갑을 활성화시켰다.

하피들이 뭉쳐서 날아오면 고르곤의 분노를 통해 뭉텅이로 죽일 수 있다.

하지만 하피들이 멍청이가 아닌 이상 한 번 당한 뒤에는 다시 뭉치지 않을 것이니 최상의 기회를 노려야 한다.

윤태수가 눈을 빛내는 사이 백종화가 이남정을 불렀다.

"남정 씨."

"예."

"아까 말했던 계획 있잖습니까? 한 사람 정도라면 삐끗하더라도 제가 커버가 가능할 것 같습니다."

백종화의 말을 들은 이남정은 신혁돈을 힐끗 바라본 뒤 말했다.

"실드는 어떻게 합니까?"

"공격이 거세지면 남정 씨를 도시락으로 부른 뒤, 저도 실드에 집중하면 됩니다. 그 정도 여유는 있을 것 같습니다."

이남정은 천천히 고개를 끄덕였다.

벌써 상공 1㎞ 정도는 올라왔고 이 높이에서 떨어진다면 아무리 각성자라 한들 죽는다.

그럼에도 이남정의 눈에는 걱정 한 줌 서려 있지 않았다.

그만큼 백종화의 실력을 믿는 것이다.

"보스한테 말해볼까요."

"그러죠."

두 사람의 계획을 들은 신혁돈은 흔쾌히 '그래라' 하고 승낙했고 곧바로 이남정이 도시락의 머리 쪽으로 걸어갔다.

그리고 얼마 지나지 않아 세 개의 부유섬이 눈에 들어왔다.

마치 소군도처럼 모여 있는 세 개의 섬을 살피던 신혁돈이 도시락의 근처로 날아오며 소리쳤다.

"전투 준비!"

신혁돈의 말이 끝나기 무섭게 세 개의 섬에서 하피들이 튀어나와 도시락을 향해 강하하기 시작했다.

새카맣게 몰려오는 것이 박쥐 떼를 보는 느낌이었다. 대충 세봐도 100마리는 넘을 것 같은 개체 수.

하지만 도시락은 겁먹긴커녕 날갯짓에 박차를 가하며 속도를 높였고 신혁돈 또한 위해머를 든 손을 휘휘 흔들며 손목을 풀기 시작했다.

그 모습을 본 백종화가 이남정에게 말했다.

"발판을 놓치거나, 도시락의 속도를 따라잡을 수 없을 것 같으면 제가 남정 씨의 몸을 컨트롤하겠습니다."

이남정은 고개를 끄덕인 뒤 한 치 망설임도 없이 도시락을 박차고 뛰어내렸다.

"까악!"

도시락이 성을 냈지만 이미 이남정은 도시락의 머리를 떠난 뒤, 백종화가 만들어준 발판을 밟으며 도약하고 있었다.

공기가 압축된 발판은 눈에 보이지 않는다.

하지만 에르그 에너지로 만드는 것이었기에 어디쯤에 생긴다는 것이 예상되었고, 이남정은 처음 하는 것임에도 불구하고 도시락의 속도에 맞추어 달려 나가고 있었다.

"괜찮은데?"

"그러게. 종화 형님이 좀 더 무리하면 아예 공중전도 가능하겠어."

떨거지 삼인방이 이남정의 모습을 보며 이야기하는 사이, 제일 먼저 날아온 하피와 신혁돈이 공중에서 첫 합을 교환했다.

채앵!

위에서 내려오는 하피의 창과 아래서 치고 올라가는 신혁돈의 워해머가 허공에서 맞부딪히며 불똥을 튀겼고, 하피는 창과 함께 곤죽이 되어 날아올 때만큼 빠른 속도로 추락했다.

"베베!"

"베베!"

선두의 하피가 일격에 격살 당하자 하피들은 속도를 늦추며 창을 든 손을 뒤로 젖혔다.

"투창!"

신혁돈이 경고를 한 순간.

"쏩니다!"

윤태수가 두 걸음 앞으로 나서며 가슴을 젖혔고 고르곤의 흉갑이 붉게 달아올랐다.

콰아아아아아!

고르곤이 불기둥을 토하듯, 고르곤의 분노가 허공을 갈랐다.

아무리 하피라도 창을 힘껏 던지기 위해서는 날아가는 것을 멈추고 몸의 균형을 잡아야 한다.

즉 멈춰 있는 목표가 되었다는 소리고, 윤태수가 쏜 고르곤의 분노를 피할 수 없다는 뜻.

"끼야아아아아!"

고르곤의 분노가 직선으로 뿜어지며 거의 스무 마리에 가까운 수를 태워 버렸다.

분노에 적중당한 이들은 물론이거니와 날개에 불이 붙은 하피들 또한 추락하기 시작했다.

그와 동시에 백종화의 서포트를 받는 이남정이 하피들을 향해 달려들었다.

창을 던질 새도 없이 하늘에서 백병전이 시작되었다.

너클을 쓰는 이남정에게 창을 든 하피는 밥이나 다름없었다. 창을 한 번 휘두르기도 전에 이남정의 주먹이 하피의 턱과 인중, 심장을 때리자 하피는 그대로 꼬꾸라졌다.

그 순간.

쐐애애액!

이남정의 등을 노리고 창이 날아왔다. 그는 뒤를 돌아보지도 않고 방금 죽인 하피의 뒷목을 쥐어 자신의 뒤로 던졌다.

푸슉!

시체가 되어 추락하려던 하피는 일회용 방패가 되어 창을 맞은 뒤 추락했다.

"끼야아아아!"

"베베!

"니카로우, 베베!"

'잘하는군.'

이남정의 전투를 힐끗 본 신혁돈은 관심을 끄고 도시락의 길을 막는 하피들을 학살하기 시작했다.

'원거리 공격이 필요하다.'

만약 하피처럼 무기를 던진 뒤 컨트롤할 수만 있다면 훌륭한 원거리 공격 수단이 될 텐데.

신혁돈이 위해머를 검처럼 가볍게 휘두르며 하피를 학살하는 사이, 홍서현이 가이아의 축복을 사용했다.

파랗고 빨갛고 노란빛이 일행을 감쌌고, 몸에 힘이 솟는 것이 느껴졌다.

도시락 또한 축복에 힘을 얻고 불덩이를 쏘아재꼈다.

화르르륵!

윤태수가 뿜어대는 불기둥에 주의를 쏟고 있던 하피들은 도시락의 입에서 뿜어지는 불덩이는 예상하지도 못했다는 듯 몇 마리씩 얻어맞으며 추락했다.

"카란테!

근접전, 원거리 전투 둘 다 상대가 되지 않는다는 것을 깨달은 하피 리더가 소리치며 뒤로 물러서자 모든 하피들이 날개를 휘적거리며 뒤로 물러섰다.

그리곤 다시 투창 자세.

신혁돈이 전장의 화신처럼 하피의 머리를 깨부수고 있긴 했지만 나머지의 투창까지 막을 순 없었다.

쐐애액! 쐐애액!

아직도 오십은 남은 하피들이 동시에 창을 던졌고 그 순간 백종화는 이남정을 불러들였다.

백종화의 기운이 자신을 감싸는 것을 느낀 이남정은 상대하고 있던 하피의 견갑골을 부숴버린 뒤 창을 빼앗아 들었다.

그리곤 뒤로 날아가는 와중에 중심을 잡고 창을 던져 하피 한 마리의 머리를 꿰뚫어 버렸다.

"…저 양반도 괴물이야."

고준영이 고개를 휘휘 젓는 사이 이남정이 도시락의 등에 도착했고, 백종화가 말했다.

"고생하셨습니다."

공기를 압축해 발판을 만드는 것이 생각보다 힘들었는지 백종화는 식은땀을 줄줄 흘리고 있었다.

백종화가 주저앉아 쉬는 것을 본 안지혜는 곧바로 양손을 펼치며 소리쳤다.

"실드!"

그녀의 몸에서 뿜어져 나온 에르그 에너지가 원형으로 퍼져 나가며 거대한 구 형태의 에너지장을 만들어냈다.

투두두두두두둥!

하피가 던진 창들이 쉴 새 없이 실드를 두들겼지만 뚫릴 기미가 보이진 않았다.

게다가 신혁돈의 활약과 윤태수가 쏘는 고르곤의 분노와 도시락의 불덩이 덕에 가만히 서서 창을 조종하지도 못했다.

가장 가까운 부유섬까지 남은 거리는 2㎞가량.

이 속도로만 계속 나아갈 수 있다면 아무런 피해 없이 부유섬에 오를 수 있다.

그때 신혁돈 일행을 공격하던 하피 떼가 부유섬으로 돌아갔다.

"포기한 건가?"

김민희의 희망 섞인 목소리가 울린 순간.

세 개의 부유섬에서 두 번째 하피 떼가 날아오르는 것이 신혁돈의 눈에 들어왔다.

처음보다 수가 많다.

약 300마리가량.

하피들은 신혁돈 일행에게 달려드는 것이 아니라 가장 가까운 섬의 앞에 진을 치고 섰다.

"젠장."

신혁돈 일행을 절대 부유섬에 들이지 않겠다는 듯, 진을 치고 있는 모습에 신혁돈이 짧게 욕설을 뱉었다.

일반 하피만 있는 것이 아니다.

인간의 얼굴을 한 하피도 스무 마리 정도 보였고, 그들 사이로 패턴을 가진 하피들도 세 마리나 있었다.

곧이어 수많은 하피들을 발견한 이들 또한 입술을 씹었다.

"정지."

신혁돈이 손을 들자 도시락이 천천히 속도를 늦추었고 부유섬까지의 거리가 1km 정도 남았을 때 멈추어 설 수 있었다.

붉은 패턴 두 마리와 푸른 패턴 하나.

육체적 능력을 강화시키는 붉은 패턴은 위협이 되지 않는다. 하지만 이능을 발휘하는 푸른 패턴을 가진 놈이라면 무슨 짓을 할지 모른다.

신혁돈이 도시락의 등에 오르자 기다렸다는 듯 윤태수가

말했다.

"고르곤의 분노를 최대 출력으로 쏘면 가운데가 뚫릴 겁니다. 기껏해야 5초겠지만, 그 정도면 뚫고 섬에 착륙할 수 있을 겁니다."

윤태수의 의견에 힘을 싣듯, 백종화가 말을 이었다.

"저랑 지혜가 실드를 사용하면 5초 정도는 버틸 수 있습니다."

두 사람의 말이 끝나자 신혁돈이 말했다.

"내가 카모플라쥬를 사용해서 저 사이로 날아가지."

카모플라쥬.

아르마딜로 리자드를 잡고 얻은 스킬로 주변의 사물에 완벽히 동화되어 에르그 에너지와 체온까지도 숨겨주는 스킬이다.

"은신한 채 몇 마리 죽인 다음, 카모플라쥬를 풀면 모든 시선에 나에게 쏠릴 거다. 그때 들어와."

저깟 창으로는 세뿔가시벌레 몬스터 폼을 하고 있는 신혁돈에게 상처를 입힐 수 없다. 패턴 몬스터가 걱정되긴 했지만, 무시할 수 있을 정도.

"이견 없으면 그렇게 간다."

겹날개를 펼칠 때까지 아무도 말이 없자 말을 이었다.

"시작하지."

말이 끝난 순간.

검은 광택을 뿜고 있던 신혁돈의 모습이 물에 녹인 듯 사라져 버렸다.

*　　　　*　　　　*

카모플라쥬를 통해 눈에 보이지 않는다 한들 날갯짓 소리까지 감출 순 없었다.

하피들은 눈에 보이지 않는 신혁돈이 날아온다는 것을 알아채곤 창을 던졌다.

쐐애애액!

수많은 창이 전방을 향해 쏘아졌지만 신혁돈은 눈먼 창에 맞을 정도로 느리지 않다.

순식간에 하피들이 있는 곳에 도착한 신혁돈은 곧바로 세 마리의 패턴 하피들에게로 향했다.

'이능 먼저 잡는다.'

빙 돌아 푸른 패턴을 가진 하피의 머리 위에 도착한 신혁돈은 워해머를 높이 들어 내려쳤다.

그 순간.

비이이이잉!

하피의 몸에서 에르그 에너지가 터져 나오며 방어막을 만들어냈고 신혁돈의 위해머를 막아냈다.

"마헤토!"

푸른 패턴 하피의 목소리와 함께 신혁돈이 있는 위치를 향해 수많은 하피들이 달려들었다.

'젠장!'

이 정도 반응속도를 보일 것이라 생각하지 못했다.

앞을 가로막는 하피들을 쳐 죽이는 사이 푸른 패턴 하피는 뒤쪽으로 날아가 버렸고 붉은 패턴의 하피들이 신혁돈의 앞을 가로막았다.

그 덕에 진형이 무너지긴 했으나 푸른 패턴 하피가 있는 이상, 윤태수나 도시락의 공격이 막힐 가능성이 있었다.

하지만 푸른 패턴 하피가 방어막을 사용한다는 사실을 전할 방도가 없다.

그렇다면.

'공격하기 전에 잡는다.'

신혁돈이 마음을 먹은 순간, 천천히 날고 있던 도시락이 빠르게 날아들기 시작했다.

도시락이 도착하기까지 시간은 30초가량.

그전에 잡아야 한다.

신혁돈은 카모플라쥬를 유지한 채 자신을 향해 날아드는 공격을 무시하고 푸른 패턴 하피만을 바라보며 날아갔다.

하지만 어떻게 알았는지 두 마리의 붉은 패턴 하피가 계속해서 신혁돈의 앞을 가로막았고, 그의 공격까지 무산시키고 있었다.

'21초.'

신혁돈은 끈질기게 달라붙는 두 마리의 패턴 하피부터 죽이기로 결심했고, 위해머를 휘둘렀다.

예의 소리가 나지 않는 창을 든 두 마리는 달라진 신혁돈의 기세를 읽은 듯 무작정 달려드는 것이 아닌 합을 맞추며 공격하기 시작했다.

"베베!"

챙! 챙! 챙! 쾅!

그래봤자 하피.

네 수 만에 한 마리의 팔목이 꺾였고, 그 순간 신혁돈의 위해머가 붉은 패턴 하피의 머리를 부숴버렸다.

2 : 1도 상대가 되지 않는데 한 마리로 상대가 될 리가 없다.

순식간에 두 마리를 해치워 버린 신혁돈의 위해머가 어서 푸른 패턴 하피의 머리를 부숴 버리라는 듯 붉은빛을 띠며 웅웅거렸다.

'오냐, 금방 부숴주마.'

남은 시간은 11초.

신혁돈은 카모플라쥬를 해체해 버렸다.

푸른 패턴 하피를 잡지 못하는 최악의 상황이 오더라도 자신에게서 눈을 뗄 수 없게 만들려는 생각이었다.

투명한 물에 물감을 풀 듯 신혁돈의 모습이 나타나자 사방의 하피들이 전부 달려들었다. 신혁돈은 모든 공격을 몸으로 때우며 한 마리만 노렸다.

3초.

도시락과 윤태수가 있는 방향에서 거대한 에르그 에너지의 유동이 느껴졌다.

스킬을 사용하려는 것이다.

2초.

푸른 패턴 하피와의 거리는 5m.

1초.

에르그 에너지가 폭발하듯 쏟아졌다. 이 상태로 워해머를 휘둘러봤자 닿지 않는다.

그렇다면 던진다.

신혁돈은 날아가던 관성을 이용해 워해머를 집어 던졌고, 푸른 패턴 하피는 자신의 죽음을 직감한 듯 제자리에 멈춰 에르그 에너지를 끌어 올렸다.

죽을 때 죽더라도 배리어를 만들어 윤태수와 도시락의 공격을 막아내겠다는 의지를 보인 것이다.

화르르르륵!

콰아아아아!

두 개의 에르그 에너지가 신혁돈의 머리 위로 쏘아졌고 하피들에게 적중하기 직전 에르그 에너지가 모여들며 배리어가 생겨나고 있었다.

그 순간.

퍼걱!

신혁돈이 던진 워해머가 푸른 패턴의 하피의 머리를 깨부쉈다.

그와 동시에 생겨나고 있던 배리어가 신기루마냥 사라져 버렸고, 거대한 불덩이와 불기둥이 하피의 진형을 쓸어버렸다.

성공이다.

"쿠아아아아!"

거대한 포효를 지른 신혁돈은 추락하는 워해머를 낚아챈 뒤 하피들을 학살하기 시작했다.

하피들의 진형에는 커다란 구멍이 뚫렸고, 그 사이로 도시락이 날아가 부유섬에 도착하는 것이 보였다.

하피들은 죽음을 결사한 듯 도시락의 뒤를 따라 부유섬으로 날아갔고, 신혁돈은 그들의 뒤를 쫓으며 한 마리씩 차근차근 죽여 나갔다.

한 마리의 몸을 부숴 버리고, 창을 빼앗아 던진다. 창을 맞은 놈이 떨어지기 직전 던진 창이 신혁돈에게 날아왔다.

쐐애액!

탁!

날아오는 창을 그대로 붙잡아 버린 신혁돈은 다른 하피를 향해 창을 던졌다.

하피들의 얼굴에 처음으로 공포가 서렸다.

신혁돈 하나도 감당하지 못하는 사이, 자신들의 본진에 적의 본대가 떨어진 것이다.

"카레부! 베 나타!"

인간의 얼굴을 한 하피 리더의 입에서 돌진 명령이 떨어졌다.

그와 동시에 인간의 얼굴을 한 하피들이 무리를 지어 신혁돈의 앞을 막아섰다.

개중 가장 인간스럽게 생긴 하피 하나가 창으로 신혁돈을 가리키며 말했다.

"너는 누구냐!"

하피가 하피의 말로 물었지만 신혁돈은 이미 영혼 포식을 통해 하피의 언어를 깨달아 모든 말을 이해할 수 있는 상태였다.

도시락이 부유섬에 도착한 이상 전투는 승리했다고 봐도 무방한 상태다.

남은 것은 많은 정보를 얻어 앞으로 있을 전투를 쉽게 가져갈 수 있는 방법을 찾는 것.

그러기 위해선 대화가 최고의 방법이다.

신혁돈의 입이 열리고 하피의 말이 튀어나왔다.

"부유섬은 몇 개나 있지?"

신혁돈은 특유의 질문에 질문으로 대답하는 화법을 구사했고 하피의 얼굴이 구겨졌다.

"셀 수 없이 많다. 너는 누구지?"

"신혁돈. 너희의 우두머리는 어디에 있나?"

하피는 대답 대신 하늘을 힐끗 올려본 뒤 말했다.

"우리의 신을 찾아서 무엇 하려는가."

위치를 말한 것은 아니었지만 어느 정도 감이 왔다.

"죽이려고."

하피의 얼굴이 굳어졌다. 그리곤 역정을 내듯 분노 섞인 목소리로 외쳤다.

"로스카란토의 자식인가!"

다른 발음에 비해 '로스카란토'이라는 단어의 발음만 다르다. 마치 외국어를 발음하듯 어색함이 느껴진다.

즉 원래 하피의 말이 아닌 다른 종족의 언어라는 뜻이 된다. 그리고 그들의 자식이라는 단어는 이 차원에는 하피들의 적이 존재한다는 뜻이 된다.

의외의 소득을 얻은 신혁돈의 입꼬리가 올라갔다.

지금까지 봐온 바, 하피들은 인간을 닮을수록 강한 힘을 가지고 있다. 눈앞에서 말을 하고 있는 하피는 몸에 깃털이 하나도 없었고, 발과 날개만 하피의 그것과 비슷하다.

즉, 꽤나 많은 것을 알고 있을 가능성이 높다는 것이다.

더 이상의 질문은 필요 없다.

이제 키워드를 알았으니 남은 것은 영혼 포식으로 알아내면 된다.

신혁돈이 워해머를 쥔 손목을 살살 돌리기 시작하자 대화가 끝난 것을 눈치챈 하피들 또한 창을 굳게 쥐었다.

"더러운 로스카란토! 하지만 땅벌레 놈들이 아무리 애를 써봤자 영원한 잠에 든 하늘거북을 깨울 순 없을 것이다!"

알 수 없는 단어들이 쏟아진다.

하늘거북은 또 뭐지?

생각을 할 새도 없이 하피들이 신혁돈을 향해 달려들기 시작했다.

나름 리더들이라 그런지 창이 아닌 도끼와 검을 사용하는 놈들도 있었다.

방금까지 대화를 나누던 놈은 활을 들고 있는 데다 느껴지는 에르그 에너지 또한 5등급 초반을 될 법하다.

'저놈부터 잡는다.'

신혁돈은 곧바로 카모플라쥬를 사용했다.

이미 한 번 당했던 것이라 그런지 하피들은 곧바로 둥글게 모여 사방을 경계했다.

문제는 이곳이 땅이라 하늘 아니라는 점이다.

신혁돈은 U자를 그리며 아래로 내려갔다 위로 솟구치며 하피 한 마리의 사타구니를 찍어버렸다.

"쿠아아!"

검을 든 하피 한 마리가 피를 토하며 꼬꾸라진 순간 신혁 돈의 위치를 눈치챈 하피들이 손에 든 무기들을 던져댔다.

피할 수 있는 것은 피하고 어쩔 수 없는 건 몸으로 받는 다. 그러면서도 워해머를 휘둘러 하피들을 격살한다.

활을 든 놈에게서 가장 먼 놈부터.

네 마리째 잡았을 때, 신혁돈이 자신에게 곧바로 달려들지 않는 것을 확인한 놈이 부유섬 쪽으로 눈을 흘겼다. 잘 싸우고 있나 궁금한 모양이었다.

전투 중에 한눈을 팔아?

대가는 죽음이다.

신혁돈은 곧바로 활을 든 놈에게로 달려들었고 신혁돈이 코앞까지 달려들어 워해머를 휘두를 때야 정신을 차린 놈이 날개를 펄럭이며 위로 솟구쳤다.

하지만 이미 늦었다.

콰드득!

리더의 머리를 박살 낸 워해머가 흉흉한 붉은빛을 뿌리기 시작했다.

*   *   *

하피들 또한 인간처럼 건물을 짓고 사는지 부유섬 위로 흰 벽이 인상적인 건물들이 눈에 들어왔다.

가운데 있는 큰 건물을 중심으로 오십 채 정도의 건물이 서 있었다.

단층 혹은 이층 건물들은 전부 흰색 벽이었으며 지붕과 문이 따로 없는 것이 인상적인 구조였다.

짧은 순간, 부유섬을 살핀 백종화가 소리쳤다.

땅과의 거리는 5m가량. 이 정도면 충분하다.

"뛰어내린다!"

말을 마침과 동시에 전원이 뛰어내렸다.

쐐애액!

고준영이 도시락에 등에서 뛰어내림과 동시에 하피의 창이 그의 등을 노리고 날아들었다.

공중에서는 방향을 틀수도, 등을 노리고 쏘아지는 창을 막아낼 방도 또한 없다.

'깔끔하게 뚫린다.'

뼈가 아닌 살을 통과한다면 치유 마법으로 곧바로 치료할 수 있을 것이라는 판단을 세운 고준영이 몸을 웅크리지 않고 활짝 폈다.

그 순간.

파삭!

고준영의 등 위로 흙벽이 솟구쳐 오르며 창을 막아주었다. 땅을 밟은 땅 속성 메이지 안지혜가 본격적인 활약을 시작한 것이다.

고준영은 감사의 마음을 담아 고개를 끄덕인 뒤 자신을 노리고 강하하는 하피의 머리를 반으로 갈랐다.

촤아악!

피가 튀어 눈에 들어가도 눈을 감지 않는다.

수많은 창이 패러독스를 죽이겠다는 의지를 가지고 전장을 누비고 있다. 하피들은 창을 들고 덤비고 던지고 창을 조종했다.

도시락 등에 서서 제대로 싸우지도 못하고 두들겨 맞고 있던 분노를 쏟아내는 듯 밀리 계열 각성자들이 쉴 새 없이 무기를 휘두르고 있었다.

땅에서 20m 정도 거리를 둔 채 창을 조종하던 하피들은 땅과 건물을 박차고 달려드는 이들의 공격에 기겁을 하며 물러섰고 창의 통제권을 잃기 일쑤였다.

'이겼다.'

리더들이 전부 신혁돈을 상대하기 위해 날아간 탓인지 적의 공격은 단조롭기 그지없었다.

패러독스가 부유섬에 발을 디딘 순간부터 승부는 정해진 것이나 마찬가지.

남은 것은 학살뿐이었다.

개중 가장 눈에 띄는 것은 이남정이었다.

이남정은 방금 압축 공기를 밟고 뛰어다니던 것이 벌써 몸에 벤 것인지 하피들을 밟고 뛰어다니고 있었다.

하피 한 마리의 발목을 잡고 하늘로 솟구친 이남정은 원숭이가 나무를 타듯 하피들을 옮겨 타며 한 마리씩 목숨을 끊고 있었다.

그러다 하피가 도망치면 땅으로 내려왔다가 다시 하피를 밟고 올라선다.

그것을 지켜보고 있던 윤태수는 감명을 받았는지 '오……' 하고 탄성을 흘리고는 이남정을 흉내 내기 시작했다.

그리고 곧 모든 밀리 계열 능력자들이 하피를 발판 삼아 날아다니기 시작했다. 원거리 공격을 하던 메이지들은 공격이 수월해지자 발판을 만들어주며 서포팅을 할 수 있었다.

"키에에!"

마지막 남은 하피가 양손에 두 개의 창을 든 채 날뛰었다.

더 이상 밟을 하피가 없자 이남정은 쯧 하고 혀를 찬 뒤 말했다.

"저거, 잡을 수 있습니까?"

백종화가 고개를 저었다. 저건 너무 멀다.

"발판을 만들어드리죠."

이남정이 고개를 끄덕인 순간.

마치 알 수 없는 힘이 작용한 듯, 하피의 머리가 빠각! 하고 부서졌다.

"뭐… 뭐야?"

모두의 시선이 백종화에게로 향했으나 백종화가 한 일이 아니다.

그때 하피의 뒤로 검은 물감이 번지듯 신혁돈이 나타났다. 신혁돈은 워해머에 박힌 하피의 시체를 털어버린 뒤 세 개의 부유섬을 내려다보았다.

그 어디에도 살아 있는 하피는 보이지 않았고, 신혁돈은 고개를 끄덕인 뒤 말했다.

"이겼군."

제4장

깨어난 하늘거북

하피가 이야기했던 땅벌레는 비유가 아니었다.

하피의 기억 속에 있는 로스카란토는 말 그대로 벌레 그 자체였다.

외형만 보자면 자이언트 웜과 같았다.

지렁이와 비슷하게 생겼지만 크기가 어지간한 지하철만 하다.

눈도, 귀도 없는 대신 피부를 통해 땅의 진동을 감지하여 사냥하며 땅속에 사는 놈이다.

자이언트 웜과 로스카란토의 다른 점은 딱 하나.

머리 위에 달린 더듬이다.

로스카란토의 더듬이는 2m 정도 되는 인간의 형상을 하고 있으며 그것을 통해 말도 하고 듣기도 한다.

게다가 메이지 계열 이능까지 가지고 있는 듯 땅의 마법을 발휘한다.

무엇보다 문제는 그의 자식들.

분명 로스카란토는 자이언트 웜의 모습을 하고 있는데 그의 자식들은 가지각색이다.

벌레라는 공통점을 빼면 전부 다른 모습을 하고 있다.

여기까지 설명을 들은 윤태수가 손을 들었고 신혁돈의 시선이 그에게로 향했다.

"여기는 마왕의 차원이잖습니까?"

"그렇지."

"그런데 로스카란토라는 지렁이가 있고 하피들과 하늘거북이라는 것을 두고 싸우고 있다는 거는… 마왕 혹은 마신에게 반기를 든 괴물들이 있다는 뜻입니까?"

신혁돈이 천천히 고개를 끄덕인 뒤 말했다.

"사막의 사막악어들 또한 그랬지."

곰곰이 생각하고 있던 백종화가 입을 열었다.

"제 생각엔 마왕의 역량에 따라 달라지는 것 같습니다. 사막악어들이 있던 차원은 마왕 벨라툼의 오른팔이었던 여왕

인세트가 반란을 일으켰다 실패했다는 전설까지 남아 있었
잖습니까? 그런 걸 보면 마왕이 완벽히 장악할 수 있는 차원
의 크기는 한정적인 것 같습니다."

고대 사막악어들의 우두머리였던 자흐칸을 죽인 뒤 사막
을 차지하려 했던 세뿔가시벌레의 여왕 인세트 이야기다.

"그래서 결론은?"

백종화가 대답하려다 윤태수를 바라보았고 그가 말하겠다
는 듯 고개를 끄덕인 뒤 입을 열었다.

"사막악어들처럼 이용할 수 있는 종족들이 있을 가능성이
있다는 뜻입니다. 로스카란토라는 괴물도 어찌어찌하면 세
마리의 하피와의 전투에서 이용할 수 있지 않겠습니까?"

가능성은 있다.

"일단 하늘거북이 뭔지를 알아내고 나서."

하지만 하피가 차지한 하늘거북이 뭔지 알아내는 것이 먼
저다.

두 세력이 무엇을 두고 싸우는지를 정확히 알아야 거래를
제안할 수 있고, 그 거래에서 우위에 설 수 있는 것이다.

정보의 중요성을 알고 있는 윤태수와 백종화가 동의하자
나머지 사람들은 그저 그런가보구나 하고 고개를 끄덕였다.

"로스카란토의 자식들은 뭡니까?"

"사마귀를 닮은 놈 하나에 대한 정보밖에 없다. 이름은 직

카, 크기는 3m 정도고 난폭한 녀석이라 그놈이 나타나면 하피들도 비상이 걸렸다… 는 기억이 있군."

"직카라……."

사마귀 괴물의 이름을 읊조린 윤태수가 물었다.

"재수 없으면 로스카란토와 그의 자식들, 그리고 하피까지 상대해야 하는 수가 생길 수도 있겠습니다."

"그렇지."

"형님이 보시기에 로스카란토는 얼마나 강한 것 같으십니까?"

"로스카란토와 싸웠다는 기록이 없어서 모르겠다. 하피 세 자매가 정리하지 못하고 대치할 정도면 그만큼 강력하다고 봐도 되겠지."

윤태수가 입술을 내밀고 쭙쭙거리는 소리를 냈다.

"하늘거북에 대한 정보는 없습니까?"

그러자 신혁돈이 마을 중앙에 있는 큰 건물 쪽으로 시선을 던지며 말했다.

"머리를 부순 게 실수였다. 기억이 듬성듬성 비어 있어."

영혼 포식을 통해 흡수한 기억은 일반적으로 살아오며 하는 기억과 비슷하다.

어떤 키워드에 대해 생각하면 그것에 대한 정보가 떠오르는 방식. 로스카란토나 그의 자식들에 대해 생각할 때는 얼추 떠올랐다.

하지만 하늘거북에 대해 떠올릴 때는 까먹은 무언가를 떠올릴 때처럼 뇌가 근질근질한 기분이 들었다.

"발로 뛰어야겠네."

이남정이 툭 던졌고 다른 이들이 고개를 끄덕였다. 그러자 윤태수가 엉덩이를 털고 일어서며 말했다.

"일단 섬 3개부터 다 살펴봅시다."

그의 말에 신혁돈이 말했다.

"반 나눠서 한 팀은 도시락 타고 왼쪽에 있는 섬으로 가고 나머진 이 섬을 맡는다. 나는 오른쪽 섬을 맡지."

"넵."

대충 인원을 나눈 이들이 부유섬을 수색하기 시작했고 신혁돈은 하늘로 날아올라 오른쪽에 있는 섬으로 향했다.

하늘로 날아오른 순간, 신혁돈은 알 수 없는 위화감을 느꼈다.

'…뭐지?'

신혁돈은 세 개의 섬이 한눈에 들어올 높이까지 날아오른 뒤 섬을 바라보았다.

거의 5분간 섬을 바라보고 있던 신혁돈의 미간이 구겨졌다.

'섬이… 움직여?'

애초에 섬이 하늘에 떠 있는 것도 말이 되지 않긴 하지만 지구가 아니니 그러려니 했다.

한데 고정이 되어 있지 않고 움직인다?

그것도 세 개의 섬이 일정한 방향으로 이동하고 있었다.

아주 미세하긴 했지만 진화된 감각이 그 차이를 눈치챌 수 있게 해주었고, 신혁돈은 다시 한 번 집중해서 섬을 살폈다.

섬 세 개의 속도가 미묘하게 다르다. 그리고 일정한 속도도 아니고 조금씩 빨라졌다 느려졌다 하고 있다.

마치 생물이 움직이는 듯한 느낌.

팔짱을 낀 채 내려다보고 있던 신혁돈이 아, 하는 탄성을 뱉은 뒤 눈을 감고 에르그 에너지를 탐지해 보았다.

세 개의 섬에서 거대한 에르그 에너지 반응이 느껴진다. 처음에는 섬이 날기 위한 에너지라 생각했는데 그것과는 다르다.

일정한 파장이 있고, 주기적으로 박동하고 있었다.

'설마……'

부유섬 정중앙에 있는 커다란 건물. 그곳에서 가장 거대한 에너지가 느껴졌고 신혁돈은 곧바로 건물로 향해 날아갔다.

지붕이 없는 구조였기에 바로 들어갈 수 있었고 그곳에서 신혁돈은 붉게 박동하고 있는 차원석을 발견할 수 있었다.

한데 일반적인 차원석과는 느낌이 다르다.

마치 살아 있는 생물의 심장같이 에르그 에너지의 파장이 느껴졌다.

신혁돈은 몬스터 폼을 해제한 뒤 붉은 차원석에 손을 얹었다.

그 순간 확신할 수 있었다.

"살아 있는 생물이다."

신혁돈은 곧바로 동화를 사용했고, 곧 그의 몸이 붉게 빛나는 차원석으로 빨려 들어가듯 사라졌다.

$$*\qquad*\qquad*$$

누군가 뇌를 손으로 쥔 뒤 쭉 끌어내는 느낌이 든 순간 눈앞이 캄캄해졌다.

아무것도 보이지 않는다.

마치 무거운 돌무더기가 몸 전체를 누르고 있는 듯한 느낌.

분명 눈꺼풀을 껌뻑거리는 느낌이 있긴 했다.

신혁돈은 서두르지 않고 천천히 팔다리의 감각을 익혔고, 곧 움직일 수 있게 되었다.

팔 2개, 다리도 2개다. 머리는 하나. 꼬리도 있다.

힘을 주는 방법을 찾아낸 신혁돈은 머리와 팔과 다리를

꿈틀거리며 움직일 공간을 만들기 시작했다.

하지만 오랜 기간 몸을 쓰지 않았던 것처럼 의지대로 움직이지 않았다. 하지만 확실히 감각이 돌아오고 있다.

신혁돈은 천천히 아주 천천히 몸에 힘을 주며 움직였다.

구르릉! 쿠르릉!

몸을 움직일 때마다 무언가가 무너지는 소리가 들려왔다. 신혁돈은 개의치 않고 계속해서 몸을 움직였고, 곧 깨달았다.

'거북… 이건 하늘거북이다!'

갇힌 곳에서 움직이다 보니 몸의 모양이 자연스럽게 느껴졌고 머릿속으로 몸 모양을 그려보던 신혁돈은 자신이 동화된 대상이 어떻게 생겼는지를 깨달을 수 있었다.

하피들이 말했던 하늘거북은 다른 것이 아니다.

바로 이 섬 자체가 하늘거북인 것이다.

그와 동시에 몸에 기운이 돌기 시작했다.

마치 잠들어 있던 에르그 에너지가 깨어나는 듯 등 쪽에서 느껴지는 에르그 에너지가 빠르게 몸을 휘돌았고 굳어 있던 팔다리에 힘이 들어갔다.

콰구구! 드드드득!

머리를 몇 번 털자 빛이 보였다. 신혁돈은 에르그 에너지를 이용해 머리를 밀어냈고 곧 돌을 완벽히 뚫어냈다.

쿠구구구궁!

그 순간.

[히든 퀘스트가 발생했습니다.]

[히든 퀘스트—'깨어난 하늘거북'을 수락하시겠습니까?]

[히든 퀘스트가 발생했습니다.]

[히든 퀘스트—'방관하는 자, 로스카란토'를 수락하시겠습니까?]

총 4개의 메시지 창과 함께 새파란 하늘이 눈에 들어왔다. 신혁돈은 메시지 창을 무시한 채 일단 네 개의 다리를 계속 움직여 다리마저 꺼냈다.

마치 온몸을 묶고 있던 밧줄이 풀린 느낌이 들자 신혁돈은 자신도 모르게 큰 울음을 토했다.

"가아아아아아!"

*　　　　*　　　　*

두 개의 섬 모두를 살펴본 패러독스 길드원이 한자리에 모였고, 백종화가 이남정에게 물었다.

"뭐, 발견한 거 있습니까?"

"차원석 하나를 찾았는데 부수면 부유섬이 떨어질까 봐 일단 그냥 뒀습니다. 그쪽은요?"

"이쪽도 마찬가집니다. 하피들이 살던 흔적을 제외하면 별다른 것은 없습니다."

"허탕이네."

이남정이 혀를 차자 백종화는 신혁돈이 날아간 섬을 바라보았다.

"형님이 늦으시는데."

"뭐라도 찾으신 것 아니겠습니까?"

"그럼 가볼까요?"

"그러죠."

이들의 대화를 듣고 있던 도시락은 귀찮다는 듯 엉덩이를 몇 번 흔든 뒤 꽁지깃을 내려 사람들이 타기 쉽게 해주었다.

백종화는 피식 웃으며 도시락의 등을 쓰다듬어 준 뒤 말했다.

"옆 섬으로 갑시다."

도시락은 천천히 날아올랐고, 그 순간.

두드드드득!

옆 섬의 아래로 돌무더기가 우르르 떨어졌다.

백종화가 미간을 구기며 말했다.

"설마 차원석을 부수셨나?"

신혁돈이라면 그러고도 남을 위인이다.

"일단 지켜봅시다."

만약 차원석을 부순 것이라면 무슨 일이 벌어질지 모른다. 무슨 일이 벌어진다 해도 신혁돈이라면 무사히 빠져나올 것이 분명했기에 일단 대기하기로 결정한 것이다.

섬의 진동은 점점 심해졌고, 곧 부유섬 위에 있던 하피들의 건물이 무너져 내리며 먼지가 자욱이 피어올랐다.

"…맙소사, 무슨 짓을 한 거야?"

백종화는 도시락에게 '섬의 중심으로 가라' 말했고, 곧 도시락은 차원석이 있는 건물의 위로 날아들었다.

그때 윤태수가 말했다.

"차원석은 멀쩡합니다!"

"그럼 이건 뭐야?"

구구궁! 구구궁!

섬의 진동은 더욱 심해졌고 섬 전체에서 돌무더기가 떨어져 내렸다.

"저리로 가자!"

백종화는 섬의 아래쪽을 가리키며 도시락에게 말했다.

"깍!"

부유섬은 지진이라도 난 듯 흔들리고 있었으나 일정한 간격이 없다. 즉 무언가가 안에서 날뛰고 있을 가능성이 높고, 그건 신혁돈일 가능성이 더욱 높다.

돌무더기가 떨어지는 곳은 아래쪽. 백종화는 신혁돈 또한 아래로 나올 가능성이 높다 판단한 것이다.

짧은 울음을 토한 도시락이 섬의 아래쪽으로 향했다.

부유섬의 옆구리 쪽을 지나는 순간.

투두둑!

돌들이 후드득 무너지며 무언가가 반짝였다.

"멈춰!"

그것을 발견한 백종화가 말했고 도시락은 날개를 크게 휘둘러 허공에 멈추었다.

"저… 저게 뭡니까."

돌무더기 사이로 거대하게 빛나는 무언가가 있었다.

"노란색인데."

"괴물이 사는 건가? 형님은 그거랑 싸우고 있고?"

추론이 계속 되던 와중.

콰가가강!

노란 무언가가 혹 튀어나오며 돌 벽을 부쉈다.

도시락이 기겁을 하며 뒤로 물러난 순간.

"가아아아아아!"

괴물의 머리가 기성을 토했다.

"…맙소사."

"미친……."

"하늘거북이다!"

그 와중에 정신을 차린 윤태수가 소리쳤고 도시락은 괴물에 기성에 지지 않겠다는 듯 울음을 뱉었다.

"까아아악!"

그 순간.

두두두두!

이들이 떠나온 나머지 2개의 섬에서도 돌무더기가 떨어져 내리기 시작했다.

*　　　　*　　　　*

길게 포효를 뱉은 신혁돈은 무언가 채워진 듯한 느낌을 느꼈다.

염원하던 모든 것을 이룬 기분이 이러할까.

이렇게 큰 만족감은 난생 처음이었다.

형언하기 힘든 기분에 신혁돈은 포효를 내질렀다.

"그아아아! 그아아아!"

한참을 소리 지르던 신혁돈의 눈에 새 한 마리가 보였다.

그 위에 선 채 우왕좌왕거리고 있는 인간들도.

'아.'

그제야 정신을 차린 신혁돈이 고개를 휘휘 저은 뒤 입을 열었다.

"그오오오."

말하고 싶은 것은 '나다'였으나 발음이 되지 않는다.

일단 동화를 해제한 뒤 말을 하고 싶었지만 팔다리가 자유로운 것에서 느껴지는 만족감 때문에 이 몸을 벗어나고 싶지 않았다.

상황을 보아하니 하늘거북을 공격할 것 같진 않았다.

신혁돈은 이 기분을 조금 더 만끽하기 위해 그들에게서 시선을 뗀 뒤 주변을 둘러보며 몸을 움직였다.

그러자 등에 모여 있던 에르그 에너지가 온몸으로 퍼져나가며 자연스럽게 바람을 다룰 수 있게 되었다.

'오……'

하늘거북이 하늘에 떠 있을 수 있는 이유. 바람을 다루는 능력을 가지고 있기 때문이었다.

4개의 다리를 조금씩만 움직여도 에르그 에너지가 움직이며 방향을 몸의 방향을 바꿔주었다.

절로 신이 났다.

하늘을 날아다니는 것으로 감명을 받을 신혁돈이 아니었으니 이것은 하늘거북의 감정인 것이다.

그럼에도 뇌를 가득 채우는 만족감에서 벗어날 생각은 들지 않았다.

마치 마약을 한다면 이런 기분일까.

'기분 좋다.'

그때 신혁돈의 옆에 있던 2개의 부유섬, 아니, 하늘거북이 완벽히 깨어났다.

그들 또한 기분을 주체할 수 없는지 신혁돈의 주변을 빙글빙글 돌며 지금의 기분을 즐겼다.

한참을 즐긴 신혁돈은 눈을 꾹 감았다 떴다.

언제까지고 이 기분을 느끼고 싶었지만 그럴 순 없는 노릇이다. 그러자 두 마리의 하늘거북이 신혁돈의 곁으로 다가왔다.

그러면서 규으으으으 하는 소리를 길게 냈는데 '무슨 일이냐.' 하고 묻는 듯했다.

'언어 체계가 있는 것인가?'

어차피 기억을 뒤져볼 셈이었기에 신혁돈은 다시 눈을 감은 채 하늘거북의 기억을 읽기 시작했다.

숨이 쉬기 힘들었다. 곧 나를 가로막고 있던 벽에 금이 가기 시작하고 숨이 트인 순간 거대한 눈이 보였다.

노란 눈 아래로 입이 있었다.

입에서 튀어나온 거대한 혀가 나를 몇 번 훑고선 다시 한 번 바라보았다.

거대한 눈에는 알 수 없는 감정들이 담겨 있었다. 짧지 않은 시간동안 깜빡이지도 않고 나를 한 번 바라보던 눈은 곧 고개를 돌렸다.

그리고 나는 어디선가 나타난 하피들에 의해 옮겨졌다.

그리곤 빛이 사라졌다.

팔다릴 움직일 자유조차 사라지고 남은 것은 어둠뿐이었다.

그렇게 잠에 들었다.

알 수 없는 고통이 등을 통해 온몸으로 전해지면 잠에서 깨어났고 고통이 사그라들 때쯤 다시 잠에 드는 생활의 연속이었다.

얼마나 오랜 세월을 그래 왔는지 짐작도 가지 않는다.

그것이 삶인 줄 알았던 이들이 팔다리를 움직일 자유를 찾았으니 이토록 기뻐하는 것이 당연한 것이다.

기억을 모두 살핀 신혁돈은 동화를 해제했다.

날아갈 듯 기뻤던 기분은 한순간에 가라앉았고 곧 하피들에 대한 생각으로 머릿속이 가득 찼다.

"더러운 로스카란토! 하지만 땅벌레 놈들이 아무리 애를 써봤자 영원한 잠에 든 하늘거북을 깨울 순 없을 것이다!"

하피 리더가 했던 말.

하피들은 어떠한 방법으로 하늘거북을 잠재운 뒤 부유섬의 동력으로 사용하고 있는 것이다.

처음 보았던 거대한 눈은 하늘거북의 어미일 것이고.

신혁돈이 곰곰이 생각에 잠겨 있는 사이, 도시락이 날아와 신혁돈의 옆에 착지했고, 등 위에서 패러독스 길드원들이 내려와 신혁돈에게로 다가왔다.

"이거 어떻게 된 겁니까?"

"잠깐."

신혁돈은 대답하기 전, 아까 떠올랐던 메시지 창을 띄운 뒤 수락했다.

[깨어난 하늘거북]

단 하나, 모든 하늘거북의 어미를 제외한 모든 하늘거북은 오랜 시간 부유섬 속에 잠들어 있었습니다.

모든 하늘거북의 어미는 그들을 깨운 당신의 존재를 알아챘습니다.

그녀는 당신이 모든 하피를 물리치고 자신의 모든 자식을 깨워 자유를 얻게 해주길 마음속으로 간절히 바라고 있습니다.

깨어난 하늘거북 퀘스트를 받음과 동시에 새로운 메시지 창이 떠올랐다.

[하늘거북과의 동화로 인하여 친밀도가 상승하였습니다.]
[하늘거북 테이밍에 성공하셨습니다.]
[테이밍한 하늘거북을 따르던 하늘거북 두 마리 또한 종속됩니다.]

하늘거북 세 마리를 얻었다.
이제 공중전은 걱정하지 않아도 된다는 생각이 제일 먼저 들었고, 그 다음으로 하늘에 떠있는 수백 개의 부유섬으로 시선이 돌아갔다.
'저게 다 하늘거북이지…….'
시련 클리어를 위해 싸우다 보면 수백 마리의 하늘거북을 거느릴 수도 있겠다는 생각이 들었다.
신혁돈은 이어서 다음 퀘스트를 수락했다.

[방관하는 자, 로스카란토.]
방관하는 자, 로스카란토는 마왕에 필적한 힘을 가진 이 차원

의 수호자였습니다.

퀘스트 설명이 달랑 한 줄로 끝이다.

"허."

신혁돈의 미간이 구겨졌다.

깨어난 하늘거북이야 궁극적인 목표라도 나와 있으니 불친절한 설명을 이해할 수 있다.

한데 로스카란토 퀘스트는 뭐란 말인가.

신혁돈의 시선이 홍서현에게로 향하자 모든 이들의 시선이 홍서현에게로 향했다.

불편함을 느낀 홍서현이 말했다.

"왜 그런 눈으로 봐?"

가이아의 무능함을 새삼 느꼈기 때문이라 말할 순 없는 노릇. 신혁돈은 말을 삼켰다.

한 행성의 신이라는 가이아가 이토록 무능한 데는 이유가 있을 것이다.

이를테면 인간들에게 배분한 그녀의 권능과 시스템에 모든 힘을 쏟았기 때문이라거나.

신혁돈은 고개를 휘휘 저어 생각을 털어버렸다.

다시 살아나 지금의 힘을 얻고 성장하는 것만 하더라도 감지덕지할 판국에 정보가 없어 가이아를 탓할 순 없다.

"너희도 봤겠지만 부유섬이 하늘거북이다."

이 말을 시작으로 신혁돈은 자신이 본 모든 것을 설명해주었다.

"세상에… 하피, 그것들 몹쓸 것들이네……."

김민희의 말이 끝나기 무섭게 백종화가 물었다.

"로스카란토 퀘스트는 그게 답니까?"

"다다."

백종화와 윤태수가 고개를 끄덕이며 홍서현을 힐끗 보았다.

신혁돈이 홍서현을 바라본 이유를 깨달았기 때문이다.

시선을 느낀 홍서현이 혀를 차며 말했다.

"그게 가이아님 탓은 아니잖아."

"맞다. 외려 이 정도 정보를 준 것에 감사해야 하지."

"그런데 왜 그런 눈으로 봤어?"

"인간이니까."

분명 틀린 말은 아닌데 뭐라 반박하고 싶다. 한데 할 말이 생각나지 않자 홍서현은 눈을 흘겼다.

두 사람이 말을 나누는 사이 생각에 잠겨 있던 윤태수가 말했다.

"이 차원의 수호자라… 로스카란토와 싸우는 건 최대한 배제해야겠습니다."

"저도 같은 생각입니다. 이만한 크기의 수호자라면 얼마나 강할지 상상도 안 갑니다."

신혁돈 또한 같은 생각이었기에 고개를 끄덕인 뒤 말했다.

"그가 같은 생각이길 바래야지."

저번 삶, 신혁돈은 차원의 수호자를 만나본 적이 있었다.

그에게 두 번째 삶을 살게 해주었던 피닉스가 바로 차원의 수호자였다.

그때 당시 신혁돈은 지금과는 비교도 할 수 없을 정도로 강했고 그의 동료들 또한 마찬가지였다.

만약 피닉스와 비슷한 힘을 가진 적을 지금 만난다면?

무슨 수를 쓰기도 전에 죽는다.

신혁돈이 생각에 잠겨 말이 없자 자연스럽게 침묵이 찾아왔다. 가만히 눈치를 보던 고준영이 결국 침묵을 깨며 말을 꺼냈다.

"그럼 어떻게 합니까? 일단 하늘거북들 다 깨우면서 하피들 잡아 죽입니까?"

지금 할 수 있는 것은 하피를 잡아 로스카란토에 대한 정보와 세 자매에 대한 정보를 얻는 것이다.

그런데 뭔가 찜찜하다.

마치 중요한 무언가를 놓치고 있는 듯한 느낌.

그것 때문에 쉽게 결정을 내릴 수 없었다.

신혁돈은 꺼두었던 퀘스트 창을 불러내 다시 살폈다.

'뭐가 문젤까.'

읽고 또 읽었다.

거의 외울 지경에 이르렀을 때.

단어 하나가 뇌도 거치지 않고 툭 튀어 나왔다.

"과거."

"예?"

갑작스러운 말에 신혁돈에게로 시선이 집중되었고, 그가 입을 열었다.

"과거가 없다. 사막에서 퀘스트를 받았을 때는 무슨 일이 있었는지까지 나와 있었다. 그래서 무얼 해야 할지 단번에 알 수 있었지. 한데 지금은 과거에 대한 정보가 없어."

고준영이 이해할 수 없다는 얼굴로 물었다.

"그… 게 중요합니까?"

"아니."

"그럼 왜 그러십니까?"

"거슬려."

모든 결과에는 원인과 과정이 있게 마련이다. 전과 달라진 데에는 분명 이유가 있을 것이고 그게 신혁돈이 쉽사리 발을 떼지 못하는 이유가 된다.

신혁돈의 표정을 본 윤태수가 말했다.

"전에 말씀하셨던 그 감이라는 겁니까?"

"맞아."

잠깐 생각하던 신혁돈이 결론을 내렸다.

"로스카란토부터 찾는다."

그럴 줄 알았다는 듯 윤태수가 짧게 한숨을 토했다. 그리곤 언제 그랬냐는 듯 눈빛을 바꾸고선 방법을 강구하기 시작했다.

*   *   *

중국. 상해의 호텔 카페테라스. 헤르메스와 두 중국인이 모여 이야기를 나누고 있었다.

두 중국인의 이야기가 끝나자 헤르메스가 헛웃음을 흘렸다.

"허, 그래서 밖으로 던져졌다?"

그의 앞에 서 있던 두 중국인은 천천히 고개를 끄덕였고 헤르메스가 다시 물었다.

"차원문은 바로 사라졌고?"

"응, 붕괴나 차원석을 부숴서 사라지는 게 아니라, 마치 누군가 전원을 꺼버린 듯 픽하고 사라졌어."

샤오춘의 말에 헤르메스가 미간을 짚었다.

"오케이, 정리해 보자. 도시락, 그러니까 그 새가 보스를 죽여서 데려온 순간 신혁돈이 갑자기 차원석을 때려 부수더니 너희들을 내보냈다?"

"맞아, 처음에는 아이템을 독식하려고 그러나? 하는 생각을 했는데 그건 아닌 거 같아. 그 사람 성격에 독식을 했으면 그냥 했지, 사람 죽일 것 같은 표정을 하고선 우릴 내보내진 않았을 거거든."

옆에서 듣고 있던 홍이 고개를 끄덕이며 말을 덧붙였다.

"탈출하기 전, 그가 말했다. '아이가투스가 분노했다.' 라고. 그것과 관련이 있을 것 같은데 무슨 뜻인 줄 알고 있나?"

헤르메스가 '오, 하나님.' 하고 성호를 긋더니 답했다.

"마왕의 이름이야. 그들이 여섯 번째 시련까지 클리어한 시련 주인의 이름."

설명을 들은 두 중국인 또한 각자의 신을 찾았다.

"뭐가 어떻게 된 건지 도통 모르겠네."

헤르메스가 긴 한숨을 쉬며 의자에 기댔다. 그러자 홍이 물었다.

"더 가드에 연락해 보는 건 어떤가?"

"이미 해봤어. 모르는 일이라던데."

"거짓말일 가능성은?"

그의 의심에 헤르메스가 눈을 흘겼다. 그러자 홍은 흠, 하고 헛기침을 한 뒤 다른 말을 던졌다.

"기다리는 수밖에 없겠는데."

"그래. 살아 돌아오길 기도하면서 말이지."

말을 마친 헤르메스가 자리에서 일어섰다. 그러자 홍과 샤오춘이 같이 일어서며 말했다.

"어디 가려고?"

"길드원 둘의 목숨을 두 번이나 빚졌는데 은혜는 갚아야지."

"마왕의 시련에 들어갈 수 있는 방법이 있나?"

"있으면 이러고 있겠어?"

"그럼 무슨 수로 돕겠다는 거지?"

"돌아왔을 때 편히 쉬도록 해주려고."

무슨 뜻인지 이해하지 못한 샤오춘과 홍이 고개를 갸웃거렸다. 그사이 헤르메스가 '간다.' 하고 자리를 뜨려 하자 샤오춘과 홍이 그의 뒤를 따르며 말했다.

"무슨 소린지 모르겠지만 돕겠다."

"나도. 어쨌거나 목숨을 빚진 거니까."

어쨌거나는 왜 붙이는 건지.

헤르메스는 짧게 한숨을 뱉은 뒤 뒤로 돌아 그들을 바라보며 말했다.

"그래. 그럼 너희들은 중국의 화이트 홀을 맡아라."

"…왜?"

"그게 그를 돕는 일이니까. 그럼 간다."

더 이상의 설명은 귀찮다는 듯 헤르메스는 능력까지 사용하며 자리를 떠나 버렸고 남은 두 사람은 또다시 멍한 얼굴로 서로를 바라보았다.

*　　　*　　　*

도시락이 배가 땅에 닿을 듯 낮게 날았다. 중간중간 솟아난 나무들이 도시락의 몸에 부딪혀 부서지기도 했다.

마음 같아서는 높이 날고 싶었지만 신혁돈의 명령 때문에 어쩔 수 없었다.

"까악."

날개를 짧게 털어 깃털에 붙은 나뭇잎을 털어낸 도시락은 짧게 불만을 토했다.

그런 도시락의 위로는 세 마리의 하늘거북이 두둥실 날아오고 있었다.

그냥 봐서는 다리를 휘적거리고 있는 것처럼 보였지만 고유의 능력 덕에 도시락과 비슷한 속도로 날고 있었다.

"신기하네."

거대한 섬에 거북 다리 4개가 돋아나 있고 머리까지 튀어나와 있는 모습은 시선을 뗄 수 없게 하는 마력이 있었다.

게다가 거북이 특유의 둥그런 눈은 저 거대한 덩치가 귀엽다는 느낌이 들게 해주었다.

도시락의 등에 누워 하늘거북의 배 부분을 바라보던 윤태수가 말했다.

"하피들이 하늘거북을 가두어 섬으로 만든 이유가 대충 짐작이 갑니다."

"왜?"

"저것들 바람을 다루잖습니까. 하늘을 날아다니는 게 유일한 무기인 하피들에게는 천적이나 다름없었을 겁니다."

신혁돈이 천천히 고개를 끄덕이자 윤태수가 말을 이었다.

"그리고 땅에는 로스카란토가 떡 버티고 있으니 내려와서 살기도 힘들었을 겁니다. 로스카란토가 차원의 수호자'였다'고 과거형으로 말한 걸 보면 사막악어 때와 비슷한 사건이 있지 않았겠습니까?"

"그래서?"

"딱히 결론을 내린 건 아닙니다. 세뿔가시벌레 여왕 때처럼 마왕의 군세가 쳐들어왔고, 하늘거북과 로스카란토가 막아내려 했지만, 막아내지 못한 것 같습니다. 로스카란토 이름 앞에 '방관하는 자'라는 칭호가 붙은 것과 무슨 관련이 있을 것 같기도 하고."

신빙성 있는 추론이다.

신혁돈을 보고 '로스카란토의 자식인가!' 하고 물었던 것을 보아 로스카란토의 자식들과 하피 사이의 분쟁이 잦다는 것은 알 수 있었다.

"만나보면 제대로 알 수 있겠지."

"그렇겠지 말입니다."

윤태수는 웃차 하는 소리와 함께 몸을 일으켜 백종화를 바라보았다.

백종화는 도시락의 머리 위에 선 채 눈을 감고 있었다.

화이트 홀을 찾을 때처럼 에르그 에너지를 탐지하고 있는 것이다. 로스카란토든, 그의 자식이든 하피가 두려워 할 정도의 에르그 에너지를 보유하고 있을 것이고 굳이 숨기려 하지도 않을 것이다.

그렇기에 도시락을 낮게 날게 하며 에르그 에너지 탐색을 하고 있는 것이다.

더불어 신혁돈은 모든 에르그 에너지를 사방으로 뿜어대고 있었다.

일종의 도발이다.

이 정도 에르그 에너지를 가진 이가 여기 있으니 나와서 구경이라도 하라는 의미.

한 시간쯤 바닥 낮게 날며 탐색을 한 결과 백종화가 지쳐 쓰러졌다.

신혁돈은 백종화를 10분 정도 쉬게 둔 뒤 에르그 에너지를 충전해 주었다. 결국 백종화는 이를 바득바득 갈며 다시 도시락의 머리 위에 섰다.

그렇게 다시 한 시간이 지날 때쯤.

"찾았습니다."

백종화는 허옇게 뜬 얼굴로 신혁돈에게 방향을 알려준 뒤 도시락의 등에 누웠다.

"거리는 모르겠습니다. 어쨌거나 저쪽입니다."

신혁돈은 만족스럽다는 듯 고개를 끄덕인 뒤 도시락에게 방향을 지시해 주었다.

도시락 위에 앉아 조용히 주변을 둘러보던 이남정이 한마디를 툭 던졌다.

"더럽게 넓네."

도시락을 타고 두 시간을 넘게 날고 있는데도 초원의 끝이 보이지 않았다. 차원의 경계가 없지 않을까 하는 생각이 들 정도로 넓다.

"그러게 말입니다. 이런 차원의 수호자라는 로스카란토는 얼마나 강할지 상상도 안갑니다."

그의 말에 윤태수가 대답했고 이남정이 고개를 끄덕였다.

그때.

"찾았다."

신혁돈의 감각에 거대한 에르그 에너지 덩어리가 감지되었다.

그쪽 또한 느꼈는지 신혁돈 일행을 향해 빠른 속도로 다가오기 시작했다.

"로스카란토입니까?"

"아니, 자식이다."

로스카란토라 보기엔 에르그 에너지의 양이 적다. 물론 상대적인 것이라 신혁돈보다는 많은 양의 에르그 에너지를 보유하고 있었다.

"사마귀를 닮았다는 직카? 그놈입니까?"

아직 눈에 보이지 않기에 '모른다'고 대답한 신혁돈은 전방을 살폈다.

'이상하다.'

높은 산 하나 없는 초원이 지평선까지 펼쳐진 곳이다.

에르그 에너지의 기운이 느껴질 정도라면 눈에 보이는 것이 정상인데 보이질 않는다.

'하늘?'

신혁돈의 시선이 하늘로 향했지만 움직이는 것은 아무것

도 없었다.

그렇다면 땅이다.

신혁돈의 고개가 땅으로 향한 순간.

에르그 에너지가 급격히 가까워지며 땅이 훅 꺼지며 무언가가 뛰어올랐다.

"피해!"

"까아악!"

도시락 또한 수상한 것을 캐치했는지 신혁돈의 말이 떨어지기 무섭게 하늘로 솟구쳐 올랐고, 무언가의 공격을 피할 수 있었다.

그 순간 신혁돈은 곧바로 몬스터 폼을 발동시키며 도시락의 등에서 뛰어 내렸고 공격한 것의 정체를 볼 수 있었다.

"지네?"

검다. 그리고 크다.

머리끝부터 발끝까지 10m는 될 법하다. 게다가 체절(體節: 몸의 마디)마다 붙어 있는 다리는 세뿔가시벌레가 생각날 정도로 두껍고 탄탄했다.

무엇보다 특이한 것은 지네의 머리 위에 돋아 있는 하나의 더듬이다.

더듬이는 인간 남자 상체의 모습을 하고 있었는데 인간이라 보기 힘들 정도로 새카맸다. 눈 또한 흰자와 검은자의 구분 없이 새카맣다.

신혁돈이 지네의 머리 위에 달린 더듬이와 눈이 마주친 순간.

"어딜 감히!"

지네 더듬이에 달린 인간이 표정을 구기며 크게 소리쳤다.

하피의 언어와 같지만 어색한 발음이었다. 마치 한국인이 책으로 배운 영어를 하는 느낌.

"싸우러 온 것이 아니다!"

신혁돈 또한 하피의 언어로 소리친 뒤 하늘을 배회하고 있던 세 마리의 하늘거북을 불러들였다.

"거짓된 종자여, 우리네 땅을 더럽히지 말지어다!"

말이 통하지 않는다.

지네는 수많은 다리를 빠르게 놀려 신혁돈에게로 달려들었고 그는 고도를 높였다.

지네가 점프를 하지 않는 이상 공격할 수 없는 거리를 벌린 신혁돈이 다시 한 번 소리쳤다.

"대화를 하고 싶다!"

"거짓된 종자와 할 대화 따위는 없다!"

더듬이 사내가 소리친 순간, 지네의 입이 벌어지고 보라색 액체가 분사되었다.

촤아아아!

군이 맞아보지 않아도 알 수 있다.

저것은 독이다.

"하늘! 하늘을 보아라!"

더듬이 사내는 코웃음을 쳤고 지네는 계속해서 독을 뱉어 댔다.

젠장!

신혁돈 자신이라 해도 전투 도중에 하늘을 보라는 적의 말을 듣는다면 코웃음을 칠 것이다. 독은 마치 거미줄처럼 피할 구석 없이 넓게 뿜어졌고, 점점 피하기 힘들어졌다.

도시락 등에 있는 이들 또한 뿜어지는 독을 피하느라 바빠 신혁돈을 도울 여유가 없었다.

"하늘거북!"

그 순간.

여유로운 얼굴을 하고 있던 더듬이 사내의 얼굴이 팍 굳어 졌다.

"어디 감히! 그 이름을! 더러운 입에! 담는단! 말인가!"

더듬이 사내가 악센트를 줄 때마다 하늘을 진동하는 듯 에르그 에너지가 터져 나왔다.

신혁돈마저도 자신이 가진 에르그 에너지의 통제를 잃었고, 균형이 무너지며 몬스터 폼을 통제할 수 없게 되었다.

그 결과 신혁돈의 겹날개가 파르르 떨려왔고 균형을 잃은 신혁돈이 추락했다.

그와 동시에 신혁돈을 가릴 듯 엄청난 양의 독이 지네의 입에서 뿜어졌다.

간신히 에르그 에너지 통제에 성공한 신혁돈이 에너지의 균형을 유지시켰고 그와 동시에 독을 피했다.

치이이익!

결국 피하지 못한 독이 어깨를 스쳤다. 그와 동시에 어깨가 녹아내리기 시작했다.

신혁돈은 급하게 바닥을 굴러 어깨에 묻은 독을 닦아내며 하늘을 바라보았다.

하늘거북들은 나름 속도를 내며 내려오고 있었으나 워낙 높이 날고 있던 터라 시간이 걸린다.

'시간을 벌어야 한다.'

더듬이 사내가 달린 지네는 분노한 듯 독을 뿜으며 신혁돈에게 달려들고 피하지 못한 독이 신혁돈의 다리에 닿으려는 순간.

엄청난 바람이 신혁돈의 감싸며 날아드는 독을 모두 날려 버렸다.

그 순간.

미친 듯이 공격을 퍼붓던 지네가 돌이라도 된 듯 모든 공격을 멈추고 하늘을 올려보았다.

"기아아아!"

"구어어어!"

하늘에서는 세 마리의 하늘거북이 천천히 내려오며 기성을 질러대고 있었다. 자신들의 주인인 신혁돈을 건든 것에 분노하는 모양새였다.

"하늘… 거북…….'

신혁돈은 재빨리 몸을 날려 더듬이 사내의 옆으로 날아가 말했다.

"적의를 거두십시오. 나는 하늘거북의 친구입니다."

그제야 더듬이 사내가 신혁돈과 하늘거북을 번갈아 보았다.

"정말이오?"

"예, 보십시오."

신혁돈이 하늘로 솟구쳐 하늘거북들에게로 향했다.

하늘거북들은 신혁돈을 걱정했다는 듯 가까이 다가와 꾸꾸거리는 소리를 냈다.

자기들 눈동자보다 작은 신혁돈을 만지지도 못하고 꾸꾸거리는 아이러니한 모습.

이 정도면 됐다 싶은 신혁돈이 세 마리의 머리를 한 번씩 만져준 뒤 다시 하늘로 올려 보낸 뒤 더듬이 사내에게 날아가 말했다.

"이 정도면 믿으시겠습니까?"

더듬이 사내는 천천히 고개를 끄덕인 뒤 말했다.

"미안하오. 나는 당신을 찢어 죽일 하피들의 동료라 생각했소."

그의 눈이 신혁돈의 뒤에 있는 도시락에게로 향했다.

"새의 날개를 보자마자 이성을 잃었소. 다시 한 번 사과하겠소."

"괜찮습니다."

더듬이 사내는 신혁돈을 살짝 바라본 뒤 뒤에 있는 도시락에게 시선을 고정시키곤 말했다.

"저 새와 위에 있는 작은 이들 또한 하늘거북의 친구요?"

"예."

"그렇구려, 저들에게도 사과를 전해 주시오."

신혁돈이 고개를 끄덕이자 사내가 말을 이었다.

"자꾸 내 말만 하는 것 같아서 미안하오. 하지만 물을 건 물어야겠소. 내가 알기로, 아니, 우리 형제들 전부가 알기로 살아 있는 하늘거북은 모든 하늘거북의 어미뿐이오. 한데 어떻게 세 마리나 되는 하늘거북을 깨운 것이오?"

대답을 하고 싶었지만 지네의 독에 당한 어깨가 계속해서 녹아들어가고 있었다.

"잠시 기다려주십시오."

신혁돈에 치유 마법을 발동하려는 순간.

"오… 그것 또한 미안하오."

더듬이 사내가 손을 뻗었고 그의 손에서 흘러나온 에르그 에너지가 신혁돈의 어깨를 녹이고 있던 액체 독을 모두 회수해 갔다.

그와 동시에 신혁돈의 어깨가 복구되기 시작했다.

치료도, 치유도 아닌 말 그대로의 복구.

"…이게 무슨?"

"나의 능력이오. 그럼 이야기해 주지 않겠소?"

신혁돈은 대답 대신 더듬이 사내의 얼굴을 바라보았다.

이 지네는 지금까지 상대해온 괴물이 아니다.

마치 가이아가 홍서현의 몸을 빌려 이야기를 할 때와 비슷한 느낌이 들었다.

괴물이 가지고 있는 본연의 흉포함과는 다른 에너지가 느껴진다.

이를테면 선한 에르그 에너지라 해야 할까.

적당한 단어를 찾지 못한 신혁돈이 고개를 휘휘 젓고는 대답했다.

"알겠습니다."

곧 신혁돈의 설명이 시작되었고 더듬이 사내는 고개를 끄덕이며 이야기를 듣기 시작했다.

동화를 빼놓고는 설명할 수 없었기에 신혁돈은 동화에 대해서도 설명을 한 뒤 하피를 물리치고 부유섬을 살피던 도중 동화를 사용해 그들을 깨워낸 것을 전부 설명해 주었다.

그가 고개를 끄덕일 때마다 거대한 지네의 대가리가 함께 끄덕여졌다.

신혁돈의 이야기가 끝나자 그가 물어왔다.

"혹시 하피를 물리치는 장면을 좀 더 자세히 설명해 줄 수 있겠소?"

신혁돈의 고개가 모로 꺾이자 더듬이 사내가 말을 덧붙였다.

"궁금해서 그러오."

동공과 흰자에 구분도 없는 사내가 눈을 반짝이며 물어왔다.

마치 할아버지에게 옛날이야기를 해 달라 조르는 아이와 같은 눈빛.

신혁돈은 천천히 고개를 끄덕인 뒤 하피와 싸웠던 것을 천천히 설명해 주었고 더듬이 사내는 오! 대단하군! 그렇지! 하는 등의 추임새까지 넣어가며 이야기에 몰두했다.

신혁돈이 배리어를 치는 하피를 죽인 뒤 윤태수의 공격이 적중하는 대목에서는 수많은 다리가 다다닥거리며 바닥을 두들기는 통에 도시락이 놀라 경기를 일으켰다.

그렇게 이야기가 끝나자 더듬이 사내가 만족스럽다는 얼굴이 되어선 말했다.

"그렇군. 하늘거북들이 자네를 친구로 인정할 만하오. 솔직히 말해 내 안목으로는 자네가 어떻게 하늘거북을 깨울 수 있었는지 모르겠소. 하지만 하나는 확실히 말할 수 있소. 하늘거북의 친구인 자네는 나의 친구도 된다는 것이오."

그는 팔짱을 낀 채 당당히 말을 이었다.

"나의 이름은 곤도네. 로스카란토의 셋째 아들이오."

제5장

로스카란토의 자식들

자신을 곤도네라 말한 거대 지네는 서 있는 것이 불편한지 똬리를 틀고 앉았다.

  그가 움직일 때마다 꿈틀거리는 수백 개의 다리가 혐오스러움을 넘어선 기이한 소름을 일으켰다.

  신혁돈은 다리에서 고개를 돌린 뒤 곤도네를 바라보았다.

  "떠 있으려면 힘들지 않소? 이리 오시오. 저들도 이리 와도 괜찮소."

  곤도네는 지네의 머리 위를 가리키며 말했다. 슬슬 잠식이 위험 수치까지 올라가고 있었기에 신혁돈은 거절하지 않고 지네의 머리 위로 올라간 뒤 테이밍 스킬을 통해 도시락을 불렀다.

곧 지네의 머리 위에 10명의 사람들이 올라섰고 곤도네는 양팔을 벌리며 말했다.

"이렇게 많은 친구가 생기다니. 참으로 기쁜 일이오."

길드원들의 표정은 별로 기쁜 것 같지 않았지만 가식적인 웃음을 흘리는 것으로 무마했다.

"자네의 이름은 무엇이오?"

곤도네는 하피의 말이 익숙하지는 않은지 조금은 어색한 말투를 구사했다.

하지만 신혁돈이 하피의 말을 완벽할 정도로 구사할 수 있었기에 문제가 되지 않는 부분이었다.

"신혁돈입니다. 이쪽은……."

길드원들의 이름을 한 번씩 불러주었고 마지막으로 도시락의 이름까지 알려주는 것으로 설명을 마쳤다.

하피의 언어를 전혀 모르는 길드원들은 꿀 먹은 벙어리가 되어 곤도네와 신혁돈을 번갈아 보고 있다가 자신의 이름이 나오면 어색한 미소를 흘리며 곤도네를 향해 손을 흔들어주었다.

"신기한 이름이구려. 그러니까 자네는 신혁돈, 저 이는 윤태수……."

곤도네는 한 번 들은 것만으로 모든 이의 이름을 외웠는지 한 명씩 짚어가며 이름을 불렀고 도시락의 이름까지 부른 뒤 물었다.

"맞소?"

"정확합니다."

만족스러운 미소를 지은 곤도네가 천천히 고개를 끄덕인 뒤 말했다.

"하늘거북을 깨운 이가 나를 찾은 데는 필히 이유가 있을 것이라 생각하오. 내 짐작컨대, 모든 하피를 죽이기 위해 우리 남매의 힘이 필요한 것으로 보이오. 맞소?"

무식하게 달려들고 싸우는 이야기를 듣는 것을 좋아하는 것을 보아 조금은 멍청한 게 아닐까 생각했던 것이 틀린 것을 인정할 수밖에 없는 부분이었다.

신혁돈은 생각을 털어내기 위해 고개를 끄덕인 뒤 답했다.

"그렇습니다."

"우리 남매는 한 마리의 하피라도 더 찢어죽이기 위해 안달이 난 상태요. 최대한 협조하리다."

"감사합니다."

곤도네는 마음에 든다는 듯 껄껄 웃은 뒤 물었다.

"그것 말고 다른 것도 있는 것 같은데. 맞소?"

곤도네를 바라보던 신혁돈의 눈가가 살짝 찌푸려졌다.

마치 생각을 읽히는 느낌.

신, 혹은 그에 준하는 영물을 만나면 이런 느낌일까? 자신보다 한 단계 위에서 내려다보는 듯한 화법이 신기하다 못해 기분이 나쁠 정도다.

"로스카란토가 어째서 차원 수호자의 자격을 잃었는지가 궁금합니다."

지금까지 웃는 낯을 하고 있던 곤도네의 미간이 굳어졌다.

그와 동시에 신혁돈을 비롯한 모든 길드원들의 등에 소름이 돋아났고, 도시락은 앉은 상태 그대로 깃털을 부풀렸다.

단순히 기세가 변한 것만으로 모든 이의 육체를 긴장시킨 것이다.

신혁돈은 마른침을 삼키곤 곤도네의 눈을 바라보았다.

'싸우면 이길 수 있을까?'

지금이야 친구라 칭하며 정보를 나누고 있지만 싸울 일이 없을 것이라는 보장은 없다.

잠시 전력을 비교해보던 신혁돈은 고개를 저었다.

이길 순 있을 것이다.

크기 차이가 있으니 독을 뿜을 수 없도록 몸 가까이 붙어 다리부터 끊어내는 식으로 장기전으로 가면 된다.

하지만 길드원 전부를 살릴 수 있을 것이라는 생각은 들지 않았다.

번들거리는 신혁돈의 눈을 본 곤도네가 헛웃음을 흘렸다.

"마치 직카의 앞발과 같은 날카로운 기세를 가졌구려. 내 사과하오. 자네들에게 향할 기세가 아니었소. 나의 아버지, 로스카란토에게로 향했어야 할… 것이었지."

'향했어야 할…' 뒤에 무언가 할 말이 있는 것 같았지만 대충 얼버무린 곤도네는 예의 인자한 미소를 지으며 신혁돈에게 말을 건넸다.

"아닙니다."

곤도네는 몸이 찌뿌둥한 것인지 수백 개의 다리를 다다다 닥거리며 움직인 뒤 말했다.

"짧지 않은 이야기요."

말을 짧게 끊은 곤도네가 지는 태양을 한 번 바라본 뒤 말을 이었다.

"그러니 자네들이 괜찮다면 이동하면서 이야기하는 것이 어떻소? 나는 어서 빨리 나의 남매들에게 자네들을 소개하고 싶소."

"좋습니다. 동료들에게 전하죠."

곤도네가 고개를 끄덕이며 시선을 돌리자 신혁돈이 길드원들을 바라보았다.

"집중해 봐."

멍하니 지네의 다리와 체절 사이로 보이는 속살, 번들거리는 지네의 껍질을 바라보며 무료한 시간을 달래던 이들의 눈이 번쩍 뜨였다.

"어떻게 된 겁니까?"

"로스카란토의 자식들을 만나러 간다. 그사이 로스카란토가 어째서 차원 수호자의 자격을 잃었는지 듣기로 했고. 너희들은 도시락을 타고 따라와."

지네의 머리 위에 있어봤자 할 게 없었던 이들은 순순히 고개를 끄덕였고 도시락 또한 깍깍거리며 수긍했다.

도시락은 거대한 지네를 만난 순간부터 움츠러들어 있었다.

사자 앞의 양이라는 느낌보다는 강한 사자와 약한 사자의 느낌. 혹은 영역 다툼에서 패한 맹수의 느낌으로 쭈그러진 도시락은 일행을 태우자마자 기다렸다는 듯 날아올랐다.

저 녀석 또한 곤도네가 가진 힘을 본능적으로 느끼고 있는 것이다.

도시락이 날아오는 것을 확인한 신혁돈이 곤도네에게 물었다.

"곤도네, 당신은 로스카란토의 자식들 중 몇 번째로 강합니까?"

곤도네는 질문을 이해하지 못한 듯 고개를 모로 꺾었다.

"나의 남매들을 죽일 수 있느냐를 묻는 것이오?"

"그건 아닙니다."

"그렇다면 그 질문은 무슨 의미가 있는지 물어도 되겠소?"

신혁돈이 대답하지 못하고 있는 사이 곤도네가 이동을 시작했다. 수백 개의 다리가 땅을 박차는 소리가 골이 울릴 정도였는데 신혁돈이 서 있는 머리는 미세한 진동조차 없다.

"당신의 힘을 기준으로 로스카란토 자식들의 힘을 판단해 볼 생각이었습니다."

"이해할 수 없는 기준이오. 어쨌거나 그대가 궁금하다니 생각은 해보겠소."

곤도네는 진지한 얼굴로 생각에 잠겼고 신혁돈은 그의 대답을 기다리며 도시락을 올려보았다.

도시락은 활강을 하듯 천천히 날개를 움직이며 지네의 움직임에 속도를 맞추고 있었고 그보다 높은 위치에서 하늘거북들이 따라오고 있었다.

다시 고개를 돌려 곤도네를 바라보았을 때, 그가 말했다.

"첫째인 헤이톤이 제일 강하오. 나머지는 어떻게 싸우느냐에 따라 다를 것 같소만, 더 구체적인 대답을 원하시오?"

신혁돈은 고개를 젓고선 물었다.

"헤이톤은 어떤… 분입니까?"

어떤 괴물이냐 물으려던 신혁돈은 가까스로 단어를 수습해 물었다.

"하피의 단어로는 설명하기 힘드오."

곤도네는 팔짱을 낀 채 생각하다가 아, 하는 탄성을 토하더니 입을 크게 벌렸다.

그러자 그의 입에서 흘러나온 보랏빛 액체가 허공으로 두둥실 떠올라 형상을 갖추기 시작했다.

보랏빛 액체는 지구에서 흔히 볼 수 있던 개미와 비슷한 형체를 갖추었다. 머리 부분에 집게가 있고 다리에 수북이 돋아난 가시들이 다르긴 했지만.

"나의 형, 헤이톤은 이렇게 생겼소. 나와는 다르게 매우 차분한 분이지."

곤도네 또한 자신의 성격이 급하다는 것을 알고 있긴 한 모양이었다.

궁금증을 얼추 해결한 신혁돈은 본론으로 돌아갔다.

"아까 하던 이야기를 마저 해주십시오."

"아, 그렇지. 알겠소. 꽤나 오랜, 아니지, 그래, 내가 이 세상에 나오기도 전에 벌어진 일이오."

얼마나 오래전인지 묻고 싶었지만 흐름을 끊고 싶지 않아 고개를 끄덕였고 곤도네가 말을 이었다.

"나의 아버지, 로스카란토는 차원의 수호자이오. 그가 차원을 수호하는 방식은 '자연의 법칙대로'였소. 내 입으로 이런 말을 하긴 뭐하지만 그건 방관이나 다름없었소. 그럼에도 문제가 생기지 않고 차원의 수호자로 군림할 수 있었던 이유는 그의 힘에 대적할 만한 이가 없었기 때문이오."

곤도네는 기억을 더듬듯 천천히 말을 이었고 신혁돈은 그의 옆에 선 채 집중하기 시작했다.

"그러다 그들이 나타났소. 하피를 이끄는 세 자매들. 그들은 차원에 나타남과 동시에 수많은 만행을 저질렀소."

곤도네는 하피라는 단어를 말하는 것만으로도 화가 나는지 악센트를 주었다. 잠깐 말이 끊기자 신혁돈이 물었다.

"어떤 만행입니까?"

"그들은 차원의 귀퉁이를 자신들의 영역이라 칭하고 그 안에 있는 모든 것들을 잡아먹었소. 배가 부름에도 만족이라는 것을 모르는 미개한 놈들! 그들의 욕심은 거기서 끝나지 않았고 조금씩 영역을 넓혀갔소. 아주 천천히 말이오."

곤도네의 관점에서 아주 천천히란 얼마의 세월을 의미하는지 궁금증이 들었다.

"나의 아버지, 로스카란토는 그들의 등장 또한 자연의 법칙이라 생각하고 그대로 두었소. 하지만 하피들은 정도라는 것을 몰랐고, 결국 하늘의 지배자였던 하늘거북들의 영역까지 건드리기 시작했소. 하지만 하늘거북은 절대 약한 이들이 아니었고, 하피들은 된통 화를 당하고 물러서고 말았소."

바람을 다루는 하늘거북은 하피들의 천적이나 다름없을

것이라 말했던 윤태수의 추론이 딱 맞아 떨어졌다.

"아까 말했듯 하피들은 욕심의 화신이나 다름없는 종속들이오. 그들은 포기를 모른다는 듯, 세 자매를 앞세워 하늘거북과 전쟁을 이어갔소. 싸움과는 거리가 멀었던 하늘거북들은 점점 밀리기 시작했고, 결국 모든 하늘거북의 어미가 나의 아버지, 로스카란토에게 도움을 요청했소. 질서를 해치는 하피들을 벌해달라는 내용이었지."

로스카란토가 어쩌다 방관하는 자가 되었는지. 하늘거북이 하피의 노예가 된 이유는 무엇인지가 밝혀질 중요한 대목이다.

"하지만 나의 아버지, 로스카란토는 거절했소. 무질서 또한 질서의 연속이며, 혼란 또한 질서의 연장선이라는 이유였소. 참 멋들어진 말 아니오?"

신혁돈의 머리로는 이해할 수 없는 사고방식이었다. 신혁돈이 이해를 하지 못하고 고개를 갸웃거리자 곤도네는 허허 웃으며 말을 이었다.

"이해하려 애쓸 필요 없소이다. 나를 포함한 모든 남매가 이해하지 못한 말이니까. 어쨌거나 나의 아버지, 로스카란토가 중립을 유지한 데는 세 자매의 계략이 있었소. 그들은 하늘거북이 도움을 청할 것이라는 것을 알고 미리 아버지, 로스카란토를 찾아와 설득을 해둔 것이오."

"어떻게 말입니까?"

"그것은 나의 기억이 아니라 잘 모르오."

"나의 기억은 무엇입니까?"

곤도네는 인자한 미소를 띠며 말했다.

"차후에 한 번에 설명해 주겠소. 어쨌거나 모든 하늘거북의 어미는 실망을 안은 채 하늘로 돌아갔고, 돌아가는 길에 매복을 한 세 자매에게 당하고 말았소. 결국 모든 하늘거북의 어미의 숨통을 틀어쥔 하피가 승리한 것이지."

힘으로 되지 않으면 전략으로 승부한다.

괜히 아이가투스의 총애를 받는 것이 아니라는 생각이 들었다.

"모든 하늘거북의 어미를 붙잡은 하피들은 하늘거북을 봉인하고 자기들의 둥지로 사용하기 시작했고, 그들의 영역은 걷잡을 수 없을 정도로 넓어졌소. 그러고는 어떻게 되었을 것 같소?"

뜻밖의 질문에 신혁돈이 툭 던지듯 말했다.

"무질서. 혼란으로 가득해졌을 겁니다."

"맞소. 하피들의 식탐은 끝이 없었고 차원 내의 모든 생물을 잡아먹어 버렸소. 말 그대로 모든 것을."

신혁돈은 그제야 나무와 풀을 제외한 살아 있는 생물이 단 하나도 없다는 것을 깨달았다.

차원에 들어와 본 생물이라곤 하피와 하늘거북, 곤도네뿐이다.

"맙소사… 그럼 지금의 하피들은 무엇을 먹고 삽니까?"

곤도네가 검은 주먹을 굳게 쥐며 답했다.

"그들이 모든 하늘거북의 어미를 사로잡은 이유가 거기에 있었소."

곤도네는 분노를 참는 듯 천천히 긴 숨을 내뱉고선 말을 이었다.

"하늘거북의 크기를 보면 알겠지만 그들은 알에서 날 때부터 거대하오. 그리고 엄청난 양의 에너지를 가지고 있지."

신혁돈이 혀를 찼다.

하늘거북을 치는 계획부터가 모든 하늘거북의 어미를 잡아 자기네들의 식탁을 꾸린다는 의도였는지, 아니면 먹을 게 없어서 눈을 돌린 것인지는 알 수 없다.

하지만 지금까지와는 달리 머리를 쓰는 놈들이라는 것은 확실하다.

'이게 일곱 번째 시련의 난이도인가.'

괴물들의 생태계에서 약자가 도태되고 잡아먹히는 것은 당연하다. 그것에 대해 분개하고 복수를 꿈꿀 필요는 없다.

하지만 그들이 마왕의 군세라는 것은 문제가 된다.

"나의 아버지, 로스카란토는 그제야 깨달았소. 하피들이 말한 무질서는 자연의 법칙과는 동떨어진 헛된 것임을. 그리고 손쓸 수 없을 정도로 늦었다는 것도 함께 깨달았소."

하피의 기억 속에 있는 로스카란토는 하늘을 날 수 있는 모습이 아니었다.

즉 하늘에 자신들의 영역을 꾸린 그들을 상대할 수 있는 방법이 없던 것이다.

"나의 아버지, 로스카란토는 그제야 모든 하늘거북들에게 사과했소. 물론 듣는 이가 없는 사과였지만 말이오. 어쨌거나 그는 자신의 잘못을 인정하고 차원의 수호자 자리에서 내려왔소. 무슨 의미가 있는 행동인가 싶겠지만… 그랬소."

로스카란토가 한 행동이 이해가 되지 않는 것은 아니다.

외려 자신의 신념을 지키려다 그릇된 길을 걷게 된 것이 너무나 인간다웠기에 이해할 수 있었다.

곤도네는 신혁돈을 힐끗 본 뒤 말을 이었다.

"나의 아버지, 로스카란토는 자신의 실수를 만회하기 위해 자신의 모든 것을 쏟아 우리 여섯 남매를 만들어냈소. 아까 했던 말 기억하시오? '나의 기억이 아니다.' 라는 말."

그의 질문에 신혁돈이 고개를 끄덕였다.

"그는 말 그대로 모든 것을 쏟았소. 기억, 힘, 신체까지 모두."

"그게 무슨 말입니까?"

"방금 말한 것보다 잘 설명할 자신이 없소. 말 그대로 모든 것이오. 그를 구성하고 있는 모든 것을 여섯 개로 나누어 자식들을 만들어냈소."

그게 가능하냐 물으려던 신혁돈은 속으로 말을 삼켰다. 그의 지식으로 이해하지 못한다 해도 결과물이 눈앞에 있는데 물어서 무엇 하겠는가.

곰곰이 생각하던 신혁돈의 머리에 하피 리더의 기억이 스쳤다.

그는 분명 로스카란토를 본 적이 있었다.

신혁돈이 묻자 곤도네가 웃는 것도 화를 내는 것도 아닌 아리송한 표정으로 답했다.

"그것은 막내인 오드메요. 자신의 모습이 사라지면 우리 남매들이 자리를 잡기도 전에 당할 것이라 생각한 아버지는 막내인 오드메에게 자신의 육체를 주었소."

신혁돈이 고개를 끄덕였다.

"그리고 우리는 하피들과 싸우기 시작했소. 그리고 꽤나 긴 세월이 흘렀지만 달라진 것은 없소. 우리는 여전히 하피들과 싸우고 있고, 하피들은 우리의 목숨을 노리고 있소."

긴 이야기가 끝나자 곤도네가 짧은 한숨을 토한 뒤 말했다.

"이 속도라면 해가 지기 전에 도착할 수 있을 것이오. 동료들 또한 궁금해하는 눈치인데 이야기를 나누고 오는 것은 어떻겠소?"

"하나만 더 묻겠습니다."

"그러시오."

"로스카란토의 힘을 이어받은 여섯 남매로도 하피들을 몰아내긴 역부족이었던 겁니까?"

"결과부터 이야기하자면 그렇소. 나의 아버지, 로스카란토의 힘은 땅을 기반으로 하오. 땅에서 발을 떼는 순간부터 힘을 잃는다고 봐도 무방하지."

그의 설명대로라면 하늘을 날아다니는 하피를 상대할 수 있는 방법 자체가 없는 것이나 마찬가지다.

"직카라는 분은 어떻게 된 겁니까?"

직카. 하피들의 기억에 공통적으로 남은 로스카란토의 자식으로써 사마귀 형태를 하고 있다.

날아다니는 것은 물론이거니와 알 수 없는 원거리 공격으로 하피들에게는 천적이나 다름없는 괴물이었다.

"넷째 또한 제약에서 자유롭지 않소. 날개가 있다 한들 날아다닐 수 있는 시간은 반의 반나절도 되지 않소."

그제야 이해한 신혁돈이 천천히 고개를 끄덕인 뒤 말했다.

"그럼 곧 돌아오겠습니다."

해의 위치를 보니 30분가량 남은 듯했다.

신혁돈은 곧바로 몬스터 폼을 발동시킨 뒤 도시락을 향해
날아올랐다.

                    *   *   *

긴 이야기가 끝나자 이남정이 감상평을 던졌다.

"이런 말을 해도 될까 모르겠는데 로스카란토, 그거 참 개
자식이네."

기가 막힌 한 줄 평에 윤태수가 헛웃음을 흘리며 말을 받
았다.

"그릇된 신념을 따른 거죠."

"어쨌거나 일이 잘못돼서 최악의 결과가 나오지 않았습니
까? 하늘거북은 다 노예가 됐고 죄 없는 수많은 이들이 하피
의 먹이가 되었다잖습니까. 그럼 개자식이지, 뭐."

윤태수는 딱히 반박할 말이 없자 말을 돌렸다.

"그건 그렇고 땅에서 발을 못 뗀다니… 차원의 수호자가
뭐 그리 제약이 많답니까?"

두 사람이 투덜거리는 사이 신혁돈이 말했다.

"다르게 말하면 땅에 발만 딛고 있으면 무적이나 다름없다
는 뜻이 된다."

한없이 긍정적인 평가에 윤태수는 할 말을 잃은 채 신혁돈

을 바라보았다. 그러다 다다다닥 소리를 내며 달리고 있는 곤도네를 가리키며 물었다.

"다른 것들도 저만하답니까?"

"가지각색이다."

윤태수는 흠, 하는 소리를 내더니 말했다.

"하피들을 땅으로 끌어내릴 수 있는 방법만 있다면야 쉽게 끝낼 수 있을 것도 같습니다."

그러자 가만히 있던 백종화가 끼어들며 말했다.

"그 방법이 없어서 문제 아닌가?"

"그건 그렇습니다만."

백종화는 시선을 돌려 곤도네를 한 번 바라본 뒤 하늘에 떠 있는 하늘거북을 바라보며 물었다.

"곤도네를 하늘거북에 태우는 것은 어떻습니까? 어차피 하늘거북도 구해야 한다 치면 저것보다 큰 놈들도 몇 마리 구할 테고, 그러면 곤도네를 태워서 다닐 수도 있을 것 같은데요."

꽤 솔깃한 제안에 윤태수 또한 하늘거북을 올려다보며 말했다.

"저것도 땅으로 쳐주려나."

"일단 물어보는 게 어떻습니까?"

"그러지."

로스카란토의 여섯 남매를 하늘거북에 태운 뒤 세 자매와
싸울 수 있다면?

할 수만 있다면 최상의 작전이다.

"이건 어떻습니까?"

이남정 또한 로스카란토의 여섯 남매를 활용할 만한 방법
을 제시했고, 몇몇이 돌아가며 의견을 제시하다 보니 금방 해
가 졌다.

해가 지고 얼마 지나지 않아 곤도네가 속도를 늦추었고 신
혁돈은 그에게 날아갔다.

곤도네는 알 수 없는 미소를 짓고 있었는데, 신혁돈이 말
이 들릴 정도까지 다가오자 웃음기가 찬 목소리로 말했다.

"놀라지 마시오."

"예."

신혁돈이 고개를 끄덕이자 지네가 천천히 속도를 늦춘 뒤
앞을 가리켰다.

드드드드드!

지진이 시작되었다.

곤도네의 거대한 몸이 흔들릴 정도로 강도가 높은 지진이
계속되자 신혁돈은 도시락에게 날아가 '놀라지 마라.' 는 말
을 전한 뒤 돌아왔다.

그 순간.

푸화아아아!

직경 30m는 될법한 땅이 원형으로 푹 꺼지며 거대한 공간이 드러났다.

아니, 공간이 아니다.

생물의 입이다.

마치 땅이 닫히듯 거대한 생물이 천천히 입을 다물며 땅속에서 기어 나왔다.

직경만 30m는 될법한 두께의 자이언트 웜은 땅에 머리를 얹었고, 신혁돈은 놀란 기색이 역력한 시선을 떼지 못했다.

곤도네가 웃음기 가득한 목소리로 자이언트 웜을 가리키며 말했다.

"막내, 오드메요."

자세히 보자 입 위로 인간의 형상을 하고 있는 조그만 더듬이가 있었다.

하피의 기억에서 보았던 것은 빙산의 일각이나 다름없었다.

"…맙소사."

아무리 신혁돈이라도 놀라지 않을 수 없는 크기. 저런 것이 지구에 나타난다면 하루도 지나기 전에 나라 하나가 멸망할 것이다.

오드메, 그러니까 자이언트 웜의 더듬이는 곤도네와 다르게 호리호리한 체형이었으며 대충 흩어놓은 머리칼과 짙은 눈썹이 인상적인 사내였다.

거기서 끝이 아니었다.

오드메를 시작으로 하늘과 땅을 뚫고 네 마리의 괴물이 더 나타났다. 오드메만큼 거대한 괴물은 아니었지만 다들 몇 미터씩은 되는 괴물들이었다.

"이쪽부터 넷째 직카, 둘째 리콤, 다섯째 케레즈, 첫째 헤이 톤이오. 그리고 이쪽은 나의 친구이자 영원한 잠에 들었던 하늘거북을 깨운 신혁돈이오."

직카는 사마귀, 리콤은 거미, 케레즈는 나비, 헤이톤은 개 미다.

벌레라고 보기 힘든 크기긴 했지만 어쨌거나 그것과 가장 닮아 있는 모양새에 머리 위에는 인간의 모습을 한 더듬이가 하나씩 나 있다.

그들은 각자 편한 자리에서 흥미로운 눈을 하곤 신혁돈을 바라보고 있었다. 여섯 남매가 뿜어내는 에르그 에너지에 피 부가 따갑다 못해 심장이 거칠게 뛰었다.

몸이 경고를 보내고 있는 것이다.

당장 이 자리를 피하라고.

네가 이길 수 있는 상대가 아니라고.

신혁돈은 주먹을 굳게 쥐어 잡생각을 털어버린 뒤 말했다.

"…신혁돈입니다."

곤도네는 마음에 든다는 듯 고개를 끄덕인 뒤 아직까지 하늘에 있는 도시락과 길드원들을 가리키며 말했다.

"신혁돈의 친구요. 저 위에는 하늘거북들도 있지."

몇몇은 알고 있다는 듯 고개를 끄덕였고, 몇몇은 몰랐다는 듯 하늘을 올려보며 하늘거북의 위치를 찾아보았다.

"친구여, 하늘거북들을 이리로 불러줄 수 있소?"

신혁돈은 고개를 끄덕인 뒤 하늘거북들을 불렀다. 그들은 처음 보는 압도적인 존재들 때문에 겁을 먹은 듯했지만 신혁돈의 부름에 고도를 낮추었다.

하늘거북이 내려오자 5m는 될 법한 개미의 더듬이가 입을 열었다.

"실물로 보는 것은 처음이군."

제법 거리가 있음에도 낮게 울리는 목소리가 신혁돈의 귀를 파고들었다. 더 멀리 있는 도시락 또한 움찔거리는 것을 보아 저기까지 들린 듯했다.

"진짜… 하늘거북이네."

곤도네를 제외한 다섯 남매들은 부산을 떨며 하늘거북들을 살폈고, 하늘거북들은 자신보다 작은 존재들에게 겁을 먹고선 덜덜 떨어댔다.

그 기운을 느낀 이들이 천천히 물러섰고 곧 첫째 헤이톤이 말했다.

"하늘거북을 깨운 이라… 게다가 곤도네의 친구라. 그렇다면 나와도 친구나 다름없지. 곤도네가 이미 소개했지만 다시 한 번 소개하지. 나는 로스카란토의 첫째 아들. 헤이톤이다."

중후하다 못해 육중하다 느껴지는 목소리가 신혁돈의 귀를 파고든 순간.

[퀘스트가 갱신되었습니다.]
[차원의 수호자였던 로스카란토의 자식들의 호감을 얻는 데 성공하고 숨겨진 이야기를 듣는 것까지 이루어 냈습니다.]
[믿을 수 없는 업적을 달성하셨습니다.]
[클리어 시 위대한 보상이 주어집니다.]

[방관하는 자, 로스카란토.]

―로스카란토의 숨겨진 이야기.
―중략.
―로스카란토의 여섯 남매를 도와 하피 세 자매를 물리치십시오.

오는 도중 곤도네에게 들었던 것이 그대로 텍스트로 나타났고, 최종 목표가 추가되었다. 대충 훑은 신혁돈은 헤이톤에게 고개를 돌렸다.

"저들 또한 함께 인사하는 게 어떻겠나?"

헤이톤은 도시락을 가리키며 말했고 신혁돈은 고개를 끄덕인 뒤 도시락을 불렀다.

여섯 남매와 10명의 패러독스 길드원. 그리고 새 한 마리의 요란스러운 인사가 끝났다.

대충 정리가 되자 곤도네가 신혁돈 일행을 가리키며 말했다.

"이들의 목표는 하피 세 자매를 잡는 것이 목표라고 하오. 나는 그 계획에 동참해 저 찢어 죽일 하피들을 전부 죽일 것 생각이오. 남매들도 보아서 알겠지만 하늘거북이 깨어났소. 이것은 우리 모두가 기다려오던 기회나 마찬가지요. 나와 함께, 나의 친구와 함께 하피를 물리치는 것을 도와주시오."

곤도네의 말이 끝나자 여섯 남매의 시선이 전부 헤이톤에게로 향했다. 첫째인 만큼 그의 결정이 중요한 듯 보였다.

개미의 머리에 달린 더듬이. 헤이톤은 팔짱을 낀 채 다른 이들을 둘러보았다. 열 명의 인간. 한 마리의 새. 그리고 자신의 남매들을 바라본 헤이톤은 생각을 굳힌 듯 천천히 고개를 끄덕인 뒤 입을 열었다.

"나의, 우리의 아버지 로스카란토는 어마어마한 힘을 지녔었소."

여섯 남매에게 나뉜 힘을 홀로 가지고 있었으니 얼마나 큰 힘을 가지고 있었을지 상상조차 가지 않았다.

"모두 알다시피 그는 그런 힘을 가지고서도 하피 하나 막아내지 못하고 차원 수호자의 이름을 내려놓아야 했소. 그것으로 모자라 자신의 존재를 여섯 조각으로 나누어 우리를 만들었소. 나는 모든 것을 보며 깨달았소."

헤이톤은 남매들을 한 번씩 바라본 뒤 말을 이었다.

"모든 힘에는 책임이 따르오. 강대한 힘일수록 더욱이. 하지만 나의 아버지, 로스카란토는 강대한 자신의 힘이 가져올 여파를 두려워해 힘을 사용하지 않았소. 방관하는 자라는 거창한 이름으로 포장했지만 그는 그저 겁쟁이였을 뿐이오."

헤이톤은 자신의 말에 힘을 더하듯 고개를 끄덕이며 말을 덧붙였다.

"나는 그렇게 생각하오. 힘을 가지고 있는 것만으로는 아무것도 이룰 수 없소. 사용해야만 하지. 어떤 결과가 나오던 두려워하지 말고 책임질 용기를 가진 채 실현하면 되는 것이오."

저번 삶이 떠올랐다.

맹목적인 강함의 추구.

그것 하나만 보고 달려왔던 신혁돈은 자신을 따르던 이들의 목숨까지 위험에 처하게 만들었고, 종국에는 목숨을 잃었다.

강대한 힘을 가지고 있었으나 사용하는 방향이 잘못된 것이다.

그것에 대한 책임으로 자신의 목숨을 던진 것이고.

신혁돈의 눈이 헤이톤에게로 향했고, 헤이톤 또한 그의 눈을 마주보며 말했다.

"만약 나의 아버지, 로스카란토가 이것을 알았다면, 아직 찾아오지도 않은 결과를 두려워하지 않았다면 지금과는 달랐을 것이오."

헤이톤은 천천히 손을 들어 자신의 남매들을 가리켰다.

"나는, 우리는 실수를 만회할 것이오. 지금까지와는 다르게 일어설 것이오. 그것에는 당신, 신혁돈의 힘이 필요하오. 우리의 복수를 도와주시겠소?"

헤이톤이 손을 내밀었고 신혁돈은 그의 손을 쥐었다.

"물론입니다."

"고맙소."

케이톤과 신혁돈의 손이 맞잡아진 순간.

[로스카란토의 자식들에게 신임을 얻었습니다.]
[그들의 친구로 인정받았습니다. 이번 시련 안에서 땅에 발을

딛고 있는 동안 모든 능력치가 50% 상승합니다.]

　[퀘스트 클리어 시 로스카란토의 마음이 담긴 선물을 받을 수 있습니다.]

　말도 안 되는 버프에 신혁돈의 입이 벌어졌다. 슬쩍 눈을 돌려 길드원들을 보니 그들 또한 같은 메시지 창을 보고 있는지 같은 얼굴로 허공을 바라보고 있었다.

＊　　　　＊　　　　＊

　"곤도네에게 듣기로, 당신들은 땅에서 발을 떼는 순간부터 기운을 잃는다고 들었습니다."

　"맞소."

　"혹시 하늘거북의 위에 올라도 그렇습니까?"

　신혁돈의 말에 여섯 남매의 시선이 하늘을 노니고 있는 하늘거북들에게로 향했다. 그들을 살피던 케이톤이 입을 열었다.

　"우리가 가진 기운은 땅의 기운이고, 저들이 가진 기운은 바람의 기운이오."

　뒷말을 기다렸지만 케이톤은 대답 없이 하늘거북을 바라보고 있을 뿐이었다.

"그래서 결론이 뭡니까?"

케이튼온 곤도네를 한 번 본 뒤 신혁돈에게 시선을 던지며 말했다.

"곤도네와 비슷한구석이 있구려. 결론은 해봐야 안다는 것이오."

케이튼이 직카에게 눈길을 보내자 사마귀를 닮은 직카가 날개를 펼치곤 하늘로 날아올랐다.

신혁돈은 하늘거북들이 놀라지 않도록 직카의 뒤를 따라 날아갔다.

높이만 4~5m에 달하는 거대한 사마귀였으나 하늘거북에 비교할 바가 되진 못했다. 직카가 하늘거북에 오르자 신혁돈 또한 그의 뒤를 따라 하늘거북의 등에 발을 디뎠다.

"어떻습니까?"

직카는 대답 대신 네 개의 다리로 땅을 딛고 낫과 같은 앞다리를 높게 든 뒤 눈을 감았다.

오래 산 족속들이라 그런지 행동 하나하나에 여유가 넘친다.

곤도네가 별종인 것인가.

신혁돈은 쓸데없는 생각을 접고선 주먹을 뻗었다.

휘익!

'빠르다.'

아무런 생각 없이 움직일 때는 달라진 것을 느끼지 못했으나 신경을 쓰는 순간 느껴졌다.

확실히 달라졌다.

신혁돈은 날개를 펼친 뒤 지상에서 30㎝가량 떠올라 보았다.

그러자 상승했던 능력치들이 천천히 감소되는 것이 느껴졌다.

신혁돈보다는 길드원들에게 유용할 만한 버프.

그것만으로도 만족스러웠다.

그사이 직카는 알 수 없는 짓거리를 끝낸 뒤 신혁돈에게 말했다.

"땅의 기운이 느껴지오."

"그럼 모든 힘을 사용할 수 있는 겁니까?"

직카는 네 개의 발을 다다다닥 움직이며 땅, 즉 하늘거북을 가리켰다.

"이 친구들이 도움을 준다면 가능하오. 지금은 내가 임의로 이 친구들의 힘을 가져다 쓰기에 절반 조금 넘는 힘만 사용할 수 있소."

신혁돈은 고개를 끄덕인 뒤 하늘거북에게 직카의 뜻을 전했다.

"오… 하늘거북이 내게 기운을 건네고 있소."

꽤나 마음에 들었는지 직카는 하늘거북의 위에 서서 알수 없는 짓거리를 이어갔다.

그를 바라보던 신혁돈은 땅으로 내려와 케이톤에게 말했다.

"하늘거북 위에서 또한 힘을 발휘할 수 있습니다."

"좋은 소식이구려."

"그럼 이렇게 하는 것은 어떻습니까?"

신혁돈은 길드원들과 상의한 내용을 들려주었고 케이톤은 흔쾌히 수락했다.

"그럼 더 많은 하늘거북들을 영원한 잠에서 깨워야 하겠구려."

"예, 일단 두 마리의 하늘거북을 넘겨드리겠습니다."

나비의 모습을 한 케레즈, 사마귀의 모습을 한 직카 둘을 제외한 나머지는 하늘을 날 수 없다.

그렇기에 두 마리의 하늘거북을 건넨 것이다.

케레즈와 직카가 날아다니며 적을 교란하고 리콤과 헤이톤, 곤도네가 하늘거북을 탄 채 공격을 해댄다면 날개가 있는 하피들이라 한들 물러설 수밖에 없을 것이다.

직경만 30m에 달하는 오드메의 경우에는 하늘을 날아다니는 하피들과의 전투에서 고기 방패 그 이상도 이하도 아니니 데려갈 생각은 없었다.

물론 방법도 없다.

신혁돈의 말에 케이톤은 고개를 끄덕인 뒤 말했다.

"그전에 그대들이 알아야 할 것이 있소."

케이톤은 손바닥이 바닥을 향하게 손을 내밀었다. 그러자 모래가 솟구쳐 올라 구의 형체를 갖추었다.

모래는 천천히 움직이며 조각하듯 구의 주변을 움직였는데 보고 있자니 행성의 모습이 떠올랐고, 그 모습을 지켜보고 있던 신혁돈이 물었다.

"이 차원의 모습입니까?"

"그렇소."

구는 천천히 크기를 확장하며 점점 구체적인 모습을 띠어 갔고 이윽고 지구와 비슷한 모습을 이루었다.

그리곤 구의 주변으로 1㎝ 정도 되는 조그만 크기의 구슬들을 만들어갔다.

"저건 하늘거북이겠군요."

"영원한 잠에 들어 있는 하피들의 섬이오."

마치 어서 가서 저들을 깨우라는 듯한 말투였다. 말을 마친 케이톤은 차원을 조각하는 데 집중했고 곧 완성이 되었는지 케이톤이 입을 열었다.

"이것이 나의 아버지, 로스카란토가 수호자로 있던 차원의 모습이오. 그리고 이곳이 모든 하늘거북의 어미가 봉인되어 있는 곳이오."

케이톤이 가리키는 곳을 보자 다른 하늘거북들보다 몇 배는 큰 섬의 모습이 보였다.

일반적인 하늘거북이 1㎝ 정도 크기의 구로 표현되어 있었는데 모든 하늘거북의 어미는 10㎝는 넘는 구로 표현되어 있었다.

"그리고 이곳들은 모든 하늘거북의 어미가 낳은 자식들 중 가장 오래 살아남은 이들이 있는 곳이오."

4~5㎝ 정도 될 법한 구 3개가 모든 하늘거북의 어미를 중심으로 삼각형의 꼭짓점에 위치해 있다.

"세 자매들은 구역을 나누어 세 개의 섬을 지배하고 있소."

케이톤은 꼭짓점을 하나씩 가리키며 말했다.

"맨 위가 아엘로. 오른쪽 밑이 오키페테. 왼쪽 아래가 켈라이노요."

신혁돈이 이해했다는 뜻으로 고개를 끄덕이자 케이톤이 말을 이었다.

"그리고 이곳이 우리가 있는 곳이오."

거대한 삼각형의 왼쪽 밑에 점 하나가 나타났다.

"가장 가까이 있는 이가 켈라이노요. 우리가 아엘로와 오키페테를 노릴 터이니 그대는 켈라이노를 노려주시오."

다른 이의 명령을 받는 것이 탐탁치 않긴 했지만 케이톤이 모든 정보를 쥐고 있는 이상 어쩔 수 없었다.

신혁돈은 천천히 고개를 끄덕인 뒤 물었다.

"세 자매들의 능력은 뭡니까?"

"그것까진 모르오. 직카와 케레즈가 수도 없이 많은 시도를 해보았지만 세 자매의 얼굴을 보기는커녕 수많은 하피들에게 막혀 실패했었소."

자신들의 실패를 말하는데도 한 점 부끄러움이 없다.

말하는 것을 보고 있자면 한없이 인간 같다 느껴지다가도 이런 모습에서는 다른 무언가가 느껴지곤 한다.

"알겠습니다. 아엘로와 오키페테의 섬까지 가는데 얼마나 걸리실 것 같으십니까?"

"열두 번의 산을 넘을 시간이 필요하오."

시간개념이 다르다 보니 한 번에 이해하지 못한 신혁돈이 되물었고 케이톤은 자세히 설명해 주었다.

결국 해가 지고 뜨는 것을 시간의 개념으로 삼기로 했고 2주가 걸린다는 답을 받아낸 신혁돈이 말했다.

"가는 동안 다른 하피들의 공격을 받을 수도 있고, 변수가 생겨 시간이 지체될 가능성도 있습니다. 그러니 오늘로부터 스무 째 해가 뜨는 날로 합시다."

"현명한 선택이오."

말을 마친 케이톤은 신혁돈의 얼굴에 시선을 고정했다.

"할 말이 남으셨습니까?"

케이톤은 천천히 고개를 저었다.

"그대들은 이방인이오. 우리 차원에 아무런 관련이 없는 이들이라는 뜻이지. 그런 이들이 우리를 위해 힘을 써주고 있는데 우린 그대들에게 해줄 것이 아무것도 없어 안타까운 마음이 들어서 그렇소."

당신이 해주지 않아도 퀘스트 보상이 알아서 해줄 것이니 상관하지 말라는 말을 면전에 대고 할 순 없는 노릇.

괜찮다 대답하려던 신혁돈은 생각을 달리했다.

수백 년 어쩌면 수천 년을 살아온 이가 베푸는 것이라면 아주 작은 것이라도 도움이 될 가능성이 컸다.

신혁돈은 케이톤과 눈을 맞추며 말했다.

"케이톤의 생각에 작은 것이라도 저에게는 큰 도움이 될 겁니다."

신혁돈의 검은 속내를 눈치채지 못한 케이톤은 감동한 얼굴로 '오' 하는 탄성을 뱉더니 곤도네를 보곤 물었다.

"곤도네. 우리가 이들에게 줄 수 있는 것이 있나?"

곤도네는 생각에 빠진 듯 다리를 다닥거렸다. 수백 개의 다리가 땅을 두드리자 지진이라도 난 듯 먼지가 피어올랐고 결국 둘째에게 한 소리를 듣고서야 다닥거리는 것을 멈추었다.

"내 머리로는 생각나는 것이 없소."

가만히 듣고 있던 직카가 말했다.

"차라리 자네가 고르는 것은 어떤가?"

"나쁘지 않군."

선택지라도 주고 고르라 해야 하는 것 아닌가?

잠시 고민하던 신혁돈이 헤이톤에게 말했다.

"아까 지도를 만드셨던 것은 본연의 능력입니까?"

"그렇다고 볼 수 있네만 자네가 달라면 주지 못할 것도 없지. 그것을 원하는가?"

더 고민해 봤자 더 나은 것이 나올 것 같지 않았다.

"그걸로 하겠습니다."

신혁돈의 대답에 헤이톤은 만족스러운 미소를 짓고서는 양손을 들어올렸다.

그러자 땅에서 모래가 헤이톤의 눈앞까지 솟구쳐 올랐다. 아까와 비슷한 구가 만들어지자 헤이톤의 몸에서 에르그 에너지가 뿜어져 나오기 시작했다.

그의 몸에서 흘러나온 에너지는 손가락 두 마디만 한 구로 모두 흘러들어갔고 곧 은은한 광채를 뿜어냈다.

그것으로 완성이었는지 더 이상의 변화는 없었다. 헤이톤은 허공에 떠있는 구를 향해 손짓을 했다. 그러자 구가 신혁돈의 앞으로 날아왔다.

"어떻게 사용하는 겁니까?"

헤이톤은 대답 대신 한 번 더 손을 휘저었고 구가 신혁돈의 가슴으로 흡수되었다.

그 순간, 메시지 창이 떠올랐다.

[스킬 '헤이톤의 호의—지도 생성'이 생성되었습니다.]

헤이톤의 호의 — 지도 생성 [Rank F, Unique , Active]

—발을 딛고 있는 땅의 지도를 만들 수 있습니다.

—한 번 기억한 차원의 지도는 땅에 발을 딛고 있지 않더라도 다시 만들어낼 수 있습니다.

맙소사.

유니크 스킬이다. 게다가 일반적인 지도도 아닌 3차원적인 지도를 만들어주는 스킬. 어느 차원에서든 발을 딛고 있기만 하면 차원의 지도를 볼 수 있는 것이다.

신혁돈은 곧바로 헤이톤의 호의를 사용했다.

그러자 헤이톤이 손을 뻗었을 때처럼 땅의 모래가 솟아오르며 구 형태를 이루었고, 곧 입체적인 차원의 지도가 완성되었다.

"오……."

옆에서 지켜보고 있던 길드원들이 탄성을 토했다.

당장에라도 스킬에 대해 묻고 싶었지만 헤이톤이 선수를 쳤다.

"훌륭하오."

"감사합니다."

"아니오, 그대가 우리에게 해준 것에 비하면 하찮은 선물이나 다름없소."

헤이톤의 선물을 받고 기뻐하는 신혁돈의 모습을 바라보던 곤도네는 흠흠 하고 헛기침을 하며 두 사람의 대화에 끼어들었다.

"그 정도라면 나도 줄 수 있소."

그러더니 신혁돈의 동의도 구하지 않은 채 그에게 손을 뻗었고 그의 손에서 흘러나온 샛노란 에너지가 신혁돈의 가슴팍으로 스며들었다.

[스킬 '곤도네의 호의—쇼크 웨이브'가 생성되었습니다.]

곤도네의 호의—쇼크 웨이브 [Rank F, Unique , Active]

—반원형으로 전방 10m에 있는 적들을 타격합니다.

—에르그 에너지의 사용량에 따라 대미지와 범위가 달라집니다.

범위 공격!

신혁돈의 눈이 휘둥그레진 것을 확인한 곤도네가 만족스럽다는 듯 미소를 짓고 말했다.

"어떻소, 마음에 드오?"

신혁돈은 고개를 끄덕인 뒤 말했다.

"아주 마음에 듭니다."

"당신이 좋다 하니 나도 좋소."

의외의 소득이다.

만약 '됐다.' 말하고 넘어갔다면 절대 얻을 수 없던 스킬들을 말 한마디로 얻어낸 것이다.

곤도네와 헤이톤을 바라보며 다시 한 번 감사의 인사를 전한 신혁돈이 말했다.

"그럼 켈라이노를 죽인 뒤 모든 하늘거북의 어미가 있는 곳에서 다시 만나죠."

"그러지. 다치지 말고 다시 보길 바라겠소."

여섯 남매와 인사를 마친 뒤 하늘거북 두 마리를 건네준 신혁돈은 도시락과 함께 켈라이노가 있는 섬으로 향했다.

멀어지는 신혁돈 일행을 바라보던 여섯 남매 또한 셋씩 나뉘었다.

"우리도 가지."

"그럽시다."

셋씩 두 갈래로 나뉜 여섯 남매는 각자의 방향으로 걸음을 옮겼다.

*　　　　*　　　　*

도시락과 함께 날던 신혁돈이 도시락의 등에 오르자 윤태수가 달려들 듯 물었다.

"아까 그건 뭡니까? 헤이톤이 쓰던 스킬을 준 겁니까?"

신혁돈은 고개를 끄덕인 뒤 다시 한 번 헤이톤의 호의를 발동시키며 말했다.

"범위 공격도 하나 얻었다."

"보여주실 수 있으십니까?"

"나중에. 일단 이것부터."

일행들에게 스킬을 보여주고, 모래가 없는 곳에서는 어떻게 발동되는지도 볼 겸 스킬을 사용한 것이다.

그러자 신혁돈의 몸속에서 흘러나온 에르그 에너지가 갈색으로 가시화되어 구의 형상을 이루었다.

모래를 사용했을 때보다 흐리고 거칠긴 했지만 알아보는데 문제는 없을 정도였다.

탄성과 함께 입체적인 지도를 살피던 백종화가 한 지점을 가리키며 물었다.

"여기서 움직이는 건 저희입니까?"

그의 손가락 끝에는 하나의 점이 느린 속도로 움직이고 있었다. 주변 지형을 살핀 신혁돈은 고개를 끄덕이며 말했다.

"그런 것 같군."

"그럼 이건 여섯 남매겠군요."

자세히 살피자 다른 것들의 이동 또한 표시되었다.

헤이튼의 호의 스킬 하나로 차원 내의 모든 움직임을 살필 수 있게 된 것이다.

"무슨 사기 스킬이야 이건……."

이 스킬만 있다면 적의 매복이나 기습은 절대 당하지 않을 수 있다. 전투의 규모가 크면 클수록 유용한 스킬을 얻은 것이다.

한동안 감탄하며 구를 살피던 윤태수가 물었다.

"이거 에르그 에너지는 얼마나 먹습니까?"

"엄청나게."

잠식을 사용하는 것과는 비교도 되지 않는다.

저번 삶을 기준으로 8등급 정도의 에르그 에너지를 보유하고 있는 신혁돈이지만 30분 이상은 사용할 수 없을 듯했다.

"크기도 키울 수 있습니까?"

신혁돈은 흠 하는 소리를 흘리고선 에르그 에너지를 집중해 보았다.

그러자 직경 30㎝ 정도였던 구가 점점 크기를 불리더니 2m 가까이 커졌다.

"…세상에나."

크기가 커진 만큼 모든 것들이 상세히 보였다.

"이건 뭐죠?"

멍하니 구를 살피던 홍서현이 구를 가리키며 물었다.

그녀의 손가락 끝이 가리키는 곳을 보자 시커먼 덩어리 하나가 뭉쳐 있는 것이 보였다.

갈색의 에르그 에너지가 시커메질 정도로 많은 수가 모여 있는 것이다.

백종화는 곧바로 도시락의 위치와 시커먼 덩어리의 위치를 살핀 뒤 말했다.

"저거… 하피 같은데."

"거리는 30㎞ 정도."

백종화의 말을 윤태수가 받았고, 신혁돈은 고개를 돌려 지도상 시커먼 덩어리가 있는 곳을 바라보았다.

산 같은 장애물이 없었기에 몇 십㎞ 밖에 있는 것들까지 한 번에 볼 수 있었고, 곧 신혁돈의 눈에 하피 떼가 포착되었다.

"하피다."

지도를 보고 있던 윤태수는 신혁돈의 말에 그가 바라보고 있는 방향을 힐끗 본 뒤 물었다.

"그게 보입니까?"

해가 진 이후, 달이 뜨지 않아 제대로 된 광원이 없는 상태.

윤태수는 미간을 찌푸리면서까지 멀리 보려 노력했지만 어둠 외에는 아무것도 보이지 않았다.

"보이니까 말하지."

백종화는 지도와 신혁돈을 번갈아 본 뒤 물었다.

"몇 마리나 됩니까?"

"셀 수 없다."

말을 마친 신혁돈은 혀를 찬 뒤 머리 위에서 날고 있는 하늘거북을 바라보며 말했다.

"올라가자."

하피들이 바보가 아닌 이상, 여섯 남매와 신혁돈 일행이 회동했다는 것을 모를 리가 없다.

그러고 나서 여섯 남매가 움직이기 시작했고 신혁돈 일행이 켈라이노의 섬으로 향하는 것을 발견한 이상 먼저 치기로 결심한 것이 분명했다.

도시락이 하늘거북을 향해 날기 시작하자 신혁돈은 몬스

터 폼을 발동시킨 뒤 도시락의 등에서 내려왔다.

'수백… 그 이상이다.'

새카만 하늘 전체가 하피들의 흰 날개로 뒤덮일 정도로 많은 수였다.

그 사이사이로 패턴을 가진 하피들도 보이는 것이 더 늦기 전에 신혁돈 일행을 정리하고자 하는 하피들의 의지를 엿볼 수 있었다.

수백 혹은 그 이상의 수와 열 명의 싸움.

아무리 하늘거북과 도시락이 있다지만 정면으로 싸우는 것은 미련한 짓이다.

살아 있는 생물인 이상 지칠 수밖에 없고 결국 당하고 말 것이다.

게다가 패턴 하피들이 어떤 변수를 일으킬지 모르는 와중에 가만히 앉아 저들이 올 때까지 기다릴 순 없다.

신혁돈은 테이밍 스킬을 통해 하늘거북에게 명령을 내렸다.

'땅으로 내려가라.'

공중에서 싸운다면 밑에서 날아오는 공격까지도 신경 써야 한다.

하지만 땅에 발을 딛고 있는 와중이라면 하늘만 신경 쓰면 되기에 차라리 나을 것이라 판단한 것이다.

도시락의 등에 있던 이들이 하늘거북의 등으로 바꿔 타고 있을 때, 신혁돈이 다가가 말했다.

"태수, 종화, 도시락에 타라. 먼저 친다."

윤태수와 백종화 또한 비슷한 생각을 하고 있었는지 군말 없이 도시락의 등에 올랐다.

도시락이 다시 날개를 펴고 홰치는 사이 신혁돈은 이남정을 보고 말했다.

"우리가 앞에서 최대한 막긴 하겠지만 우리를 무시하고 오는 놈들이 분명 있을 거다."

그러니 잘 지키라는 말이었다.

이남정은 천천히 고개를 끄덕인 뒤 말했다.

"하늘거북도 있고 지혜 씨도 있으니 걱정 안 하셔도 됩니다. 뭐 여차하면 하늘거북 타고 도망치면 되지 않겠습니까?"

"안 돼."

하늘거북이 날아오르는 순간 수백 개의 창이 전방위에서 쏟아질 것이다. 날개가 있는 이들을 상대할 때는 같이 나는 것이 좋긴 하지만 수의 차이가 이 정도 나는 상황에서 날아오르는 것은 죽여 달라고 비는 꼴밖에 되지 않는다.

단호한 대답에 이남정은 머쓱한 표정으로 웃었다.

"그럼 목숨 걸고 지킵니까?"

"목숨을 최우선으로 생각해. 여차하면 하늘거북 아래로 숨어라. 하피들의 창으로는 하늘거북에게 상처 입히기도 힘들 테니."

"알겠습니다."

명령을 마친 신혁돈이 떠나려 하자 홍서현이 말로 그를 붙잡았다.

"버프나 받고 가요."

홍서현은 지팡이를 든 뒤 가이아의 축복을 시전하자 세 사람과 도시락에게 형형색색의 기운이 흘러 들어갔다.

"그럼 다녀오지."

"까아악!"

도시락이 걱정할 필요 없다는 듯 울음을 크게 토하고선 날아올랐고, 그 뒤로 신혁돈이 솟구쳤다.

"우리도 준비합시다."

*   *   *

밤하늘을 가르며 날아가는 도시락의 위에 세 남자가 앉아 있다.

달도 없는 하늘은 생각 이상으로 어두웠고 윤태수와 백종화는 시선을 둘 곳을 찾지 못한 채 계속해서 주변을 두리번거렸다.

그 사이 신혁돈은 하피들이 날아오는 곳을 뚫어져라 보고 있었다.

"10㎞ 남았다."

이 속도라면 전장이 되는 곳은 이남정이 있는 곳에서 10킬로미터쯤 떨어진 곳이 될 것 같다.

"저것들도 우릴 봤겠지 말입니다?"

"날개 길이만 10m에 이르는 새가 날아오는데 못 볼 수가 있나?"

"이렇게 어두운데 말입니까?"

"우리 눈엔 어둡다만, 저것들은 여기 살던 놈들이잖아."

말을 꺼냈던 윤태수는 백종화의 일침에 다시 입을 다물었다. 그 모습을 본 백종화는 헛웃음을 흘린 뒤 신혁돈에게 물었다.

"따로 작전이 있으십니까?"

"네가 실드, 태수가 고르곤의 분노, 도시락이 불을 뿜어서 시선을 끄는 동안 내가 카무플라주를 발동시키고 들어가 패턴 하피들을 전부 잡아 죽인다."

신혁돈은 하피 떼에게 시선을 고정시킨 채 답했다.

단순하지만 이보다 좋은 작전이 있을 것 같진 않았다. 잠시 생각을 하던 백종화는 그리하자 말했고, 윤태수 또한 동의했다.

"패턴 하피가 몇 마리나 됩니까?"

"지금까지 발견한 것만 마흔둘."

"…맙소사."

패턴 하피만 마흔두 마리라니. 하피 한 마리가 3등급 능력자와 맞먹는 힘을 가지고 있다.

그런 놈들보다 몇 배는 강한 놈들이 마흔두 마리면 어지간한 공격대들은 명함도 못 내밀 만한 난이도다.

혀를 내두른 윤태수가 나직이 말했다.

"카무플라주나 도시락, 뭐 하나만 없었어도 죽도록 힘들었겠습니다."

"있어도 힘들걸."

"아, 형님, 저한테 불만 있는 거 있으십니까?"

말하는 것을 전부 반박 당하자 뿔난 윤태수가 백종화를 바라보며 물었다. 백종화는 바람에 날리는 머리를 슥 쓸어 올린 뒤 대답했다.

"잘 안 보여서 그런가… 좀 예민하다."

"…뭐, 저도 그렇습니다."

괜찮은 척하고 있긴 했지만 수백 마리의 하피에게 달려드는 중이다. 삐끗하면 죽을 수도 있는 상황인데 시야조차 잘 확보되지 않으니 답답한 마음이 들면서 불안한 것이 당연하다.

"저 양반이 이상한 거지."

백종화가 도시락에 오른 뒤 한 치의 미동도 없이 앞을 바라보고 있는 신혁돈을 가리키며 말했고 윤태수는 헛웃음을 흘렸다.

두 사람은 쓸데없는 이야기를 나누며 긴장을 해소시켰다. 얼마나 지났을까 가만히 앉아 있던 신혁돈이 일어서며 말했다.

"3km. 먼저 간다."

"조금 이따 봅시다."

"그래, 내가 포효하면 퇴각해라."

"알겠습니다."

세뿔가시벌레 몬스터 폼을 사용한 신혁돈이 카무플라주까지 사용했다. 그러자 물속에 떨어진 잉크처럼 신혁돈의 모습이 천천히 사라졌다.

제6장

새까만 폭풍의 구름
켈라이노 I

날아오른 신혁돈은 곧바로 하피들을 향해 쏘아졌다. 선두에서 날고 있는 하피들과 마주친 순간.

드드드드드드!

세뿔가시벌레 특유의 날갯소리를 들은 선두의 하피들이 속도를 늦추며 대화를 나누었다.

"무슨 소리지?"

"정지할까요?"

"일단 전진한다."

그들의 대화를 들은 신혁돈은 위해머를 쥐고 있던 손에 힘을 조금 빼며 그들을 지나쳤다.

수백 마리의 하피들은 나름의 진을 이루고 있었다.

스무 마리당 한 마리의 패턴 하피. 총 21마리의 하피가 한 팀으로 이루어져 있었고 열 팀이 모여 하나의 삼각형을 만들고 있다.

총 4개의 삼각형이 있었으니 840마리 정도의 수가 있는 셈이다.

'더럽게 많군.'

선발대를 그대로 지나친 신혁돈은 거대한 삼각형의 꼭짓점을 노려보며 에르그 에너지를 끌어 올렸다.

신혁돈은 자신이 가진 에르그 에너지 중 50%가량을 끌어올린 뒤 쇼크 웨이브를 발동시키며 워해머를 휘둘렀다.

그그그그그그그!

워해머가 자신에게 담긴 힘을 이겨내지 못하고 울부짖듯 진동했다. 신혁돈은 진동을 이겨냄과 동시에 워해머를 휘둘렀고, 그 순간.

콰아앙!

콰르르르르르릉!

대기를 찢어발기는 듯한 소리와 함께 샛노란 충격파가 반원형으로 퍼져나갔다.

충격파는 거의 50m가량을 초토화시켜 버렸다.

선두에 있던 이들은 아무런 반응조차 하지 못하고 쇼크 웨이브에 휩쓸려 걸레짝이 되었고, 그 뒤에 있던 이들 또한 마찬가지.

에르그 에너지의 집결을 느낄 수 있었던 패턴 하피들은 피하거나 실드를 일으켜 피해를 최소화시켰다.

문제는 반응조차 못한 이들.

단 한 번의 공격으로 백 마리가 넘는 하피가 시체도 남기지 못하고 곤죽이 되어버렸다.

"허억… 허억⋯⋯."

순식간에 반 이상의 에너지를 사용한 신혁돈은 머리가 핑 도는 것을 느끼며 숨을 골랐다.

신혁돈 또한 자신이 일궈낸 광경에 눈을 크게 떴다.

'이 정도일 줄이야.'

과연 유니크 스킬!

에르그 에너지를 대미지로 변환시켜 주는 효율이 어마어마하다. 게다가 발동 시간마저 짧으니 하피들은 반응조차 하지 못하고 당했다.

"적이다!"

"범위 공격이다!"

"거리를 벌려라!"

"진을 넓혀!"

"적의 위치를 찾아라!"

보이지 않는 적이 나타난 것을 깨달은 하피들이 재빨리 반응하며 사방으로 벌어졌고, 창을 던지기 시작했다.

수백 개의 창이 충격파가 시작되었던 지점으로 날아갔지만 신혁돈은 이미 몸을 날리는 도중이었다.

머리에 패턴을 박은 하피들이 고래고래 소리 지르며 혼란을 수습하려 애쓰고 있었다.

'멍청한 놈들.'

전장에서 소리를 질러대는 것은 내가 지휘관이니 나의 목을 노리라는 것과 같다.

전장을 보고 판을 짜는 하피가 누군지는 모르겠지만 그놈은 꽤나 영악하다.

지금 타이밍에 신혁돈을 노린 것은 물론이거니와 로스카란토를 상대했던 것만 보아도 알 수 있다.

문제는 지휘관의 손발이 되는 병사들.

제대로 훈련을 받은 적은커녕 전투 경험조차 얼마 없는지 지휘관들의 노력에도 허둥대며 아무곳에나 창을 던져대고 있었다.

신혁돈은 눈먼 창들 사이를 유유히 날아 가장 가까이 있는 패턴 하피의 머리를 내려찍었다.

콰득!

인간과 비슷한 얼굴이 단 한 방에 바스러지며 추락했고, 주위에 있던 하피들이 기겁하며 창을 휘둘러댔다.

'생각보다 쉬울지도.'

전투에서 상대보다 수가 많다는 것은 절대적으로 유리한 지표가 될 수 있다. 하지만 멍청한 지휘관을 만난다면?

'불구덩이에 밀어 넣는 꼴이나 다름없지.'

신혁돈은 카무플라주를 발동한 상태로 날아다니며 푸른 패턴을 가진 하피들의 머리만 때려 부쉈다.

한 마리씩 잡을수록 워해머의 붉은빛은 더욱 진해졌고 그 덕에 더욱 쉽게 하피들의 머리를 부술 수 있었다.

"적은 하나다! 보이지 않는 적이라고 당황하지 말고 한곳에 뭉쳐라! 소리에 집중해!"

하피 하나가 소리친 순간 전장에는 날갯소리만 남았다. 자연스레 신혁돈의 시선 또한 그 하피에게로 향했다.

다른 하피보다 2배는 큰 날개. 양손에 들고 있는 거대한 창과 이마에서 빛나고 있는 선명한 붉은빛.

밀리 계열 패턴 하피다.

'저놈이 지휘관인가.'

아직 열 마리밖에 잡지 못했는데 벌써 혼란이 잦아들고 있다. 게다가 보이지 않는 적을 찾기 위해 모든 하피가 삼삼오오 모여 진을 이루었다. 한 마리를 건드는 순간 수십 개의 창

이 날아들 것이고, 그중 하나라도 맞는 순간 신혁돈의 위치
가 발각된다.

'쯧.'

이렇게 된 이상 저놈부터 친다.

신혁돈이 결심한 순간.

"까아아아악!"

도시락의 포효와 함께 뭉쳐 있는 하피들을 향해 불덩이가
날아들었다. 그 뒤로 윤태수가 고르곤의 분노까지 연달아 쏟
아졌다.

"흐… 흩어져! 피해!"

거대한 하피는 당황한 기색이 역력한 모습으로 하피들에게
소리쳤다.

그 순간 신혁돈이 거대한 하피에게 달려들었다.

드드드드!

신혁돈의 날갯소리가 가까워지는 것을 느낀 하피가 미간
을 굳힘과 동시에 긴 창을 휘둘렀다.

후우웅!

채앵!

'어떻게?'

신혁돈은 자신의 복부를 노리고 찔러 들어오는 창끝을 위
해머로 후려친 뒤 살짝 뒤로 물러섰다.

하피는 자신의 눈이 아닌 엄한 곳을 바라보고 있다. 그렇다는 것은 신혁돈의 위치를 정확히 알고 있는 것은 아니라는 뜻.

'소리군.'

세뿔가시벌레 특유의 날갯소리로 위치를 파악하고 있는 것이다.

'그렇다면.'

신혁돈은 그에게서 시선을 뗀 뒤 주변에 있는 하피들을 바라보았다.

다른 하피들은 눈에 보이는 적인 도시락과 전투를 벌이고 있었는데 백종화의 실드 덕에 제대로 된 공격을 하고 있진 못한 반면, 도시락과 윤태수가 뿜어대는 불기둥에 쩔쩔 매고 있었다.

'저 뒤를 노린다.'

거대한 하피가 긴장하며 무기를 굳게 쥐고 있는 사이, 신혁돈은 그의 주변을 돌며 다시 패턴 하피들의 머리를 부수기 시작했다.

제대로 손도 써보지 못한 채, 패턴 하피들의 머리가 터져나가자 머리끝까지 분노한 지휘관 하피가 소리치며 달려들었다.

"이… 날벌레 새끼가!"

거대한 하피가 평정심을 잃고 달려든 순간.

신혁돈은 기다렸다는 듯 뒤로 돌며 워해머를 휘둘렀다.

날개의 소리뿐만 아니라 워해머의 소리까지 파악해낸 지휘관 하피는 급하게 창을 들어 워해머를 맞받아쳤다.

챙!

하지만 세 자매도 아닌, 패턴 몬스터 따위가 16배 증가된 공격력을 막아낼 수 있을 리가 없었다.

"컥!"

지휘관 하피는 손아귀가 찢어지는 듯한 고통과 함께 들고 있던 창을 놓쳤다.

당황한 지휘관이 급하게 날개를 저으며 하늘로 솟구치려는 순간 신혁돈은 굳이 따라붙지 않고 다시 한 번 쇼크 웨이브를 발사했다.

워해머 끝에서 발사된 샛노란 충격파가 부채꼴로 퍼지며 대기를 격동시켰다.

쿠르르릉!

쇼크 웨이브의 범위를 벗어나지 못한 지휘관 하피는 거대한 망치에 얻어맞은 듯 곤죽이 되어 바닥으로 추락했다.

그때.

[잠식 진행률 88%… 89%…]

에르그 에너지를 너무 많이 사용한 탓인지 평소보다 빠른 속도로 잠식이 오르고 있었다.

모두의 벗을 얻은 이후 잠식 걱정을 하지 않아도 되나 했더니만.

'쯧.'

이 정도면 충분하다.

서른 마리에 가까운 패턴 하피를 죽였으며 무엇보다 적의 지휘관을 잡았다.

일반 하피는 거의 이백 마리에 가까운 수를 죽였으니 이 정도면 아무리 하피라 한들 바로 들이닥치진 못할 것이다.

이제는 돌아갈 시간이다.

생각을 굳힌 신혁돈이 크게 포효했다.

"쿠어어어!"

하피나 도시락과는 다른 웅장한 포효.

도시락의 위에서 비처럼 쏟아지는 창을 막느라 죽을상을 하고 있던 백종화는 포효를 듣자마자 소리쳤다.

"신호다!"

"돌아가자!"

백종화의 말에 윤태수가 몸을 숙이며 도시락에게 소리쳤고 도시락은 짧게 울음을 토한 뒤 마지막으로 커다란 불덩이를 토해냈다.

윤태수 또한 도시락에 질세라 모든 에너지를 담아 고르곤의 분노를 쏘았다.

"근데 그냥 도망치면 하피들이 쫓아오지 않겠습니까?"

"형님이 알아서 하겠지!"

윤태수는 고개를 끄덕이며 몸을 낮추었고 도시락은 거대한 날개를 펄럭이며 높이 날아올랐다.

도시락이 날아오르는 것을 본 순간 신혁돈이 카무플라주를 해체했다.

"놈이 나타났다!"

"죽여!"

"저놈의 힘이 다했다!"

"지금이다!"

순간 수백 개의 눈이 신혁돈에게 집중되며 입에 담지 못할 욕설들이 쏟아져 나왔다.

도시락을 쫓던 놈들까지도 신혁돈이 나타났다는 소리에 그들을 쫓는 것을 멈추고 신혁돈에게로 날아왔다.

워해머 한 방에 패턴 하피들의 머리가 터져 나가던 것과 쇼크 웨이브에 당한 것은 벌써 잊었는지 하피들은 떼로 뭉친 채 신혁돈에게 달려들었다.

'하여간 새대가리 새끼들.'

마음 같아서는 모든 에르그 에너지를 털어 쇼크 웨이브를 쏴버리고 싶었지만 그랬다간 잠식이 발동하고 만다.

꾹 참은 신혁돈은 날아드는 창을 피하며 도시락과 반대편으로 날아가기 시작했다.

"도망친다!"

"잡아!"

"절대 놓치지 마라!"

하피들이 던져대는 수백 개의 창이 기이한 각도로 꺾여가며 신혁돈의 몸을 노렸다. 피할 수 있는 것은 피하고, 어쩔 수 없는 것은 몸으로 받아냈다.

거의 대부분의 것들은 세뿔가시벌레의 껍질에 맞고 튕겨나갔으나 2개의 창이 껍질을 뚫고 신혁돈의 허벅지와 어깨에 꽂혔다.

'무리였나.'

패턴 하피들을 전부 잡지 못한 것이 크다.

쇼크 웨이브가 이토록 강력할 줄 알았더라면 한 번에 50%를 사용하지 않고 나눠서 사용했을 텐데.

혀를 차는 것으로 아쉬움을 달랜 신혁돈은 날개를 더욱 빨리 움직여 거리를 벌렸다.

그럼에도 하피들의 창은 끈질기게 신혁돈의 몸을 노렸고 결국 신혁돈은 열 개가 넘는 창을 몸에 달고서 비행했다.

그나마 다행인 점은 날개를 다치지 않았다는 것,

어느 정도 시간을 끌었다 생각한 신혁돈은 테이밍 스킬을 통해 도시락 위치를 가늠해 보았다.

'이 정도면 충분하다.'

[잠식 진행률 : 91%……]

에르그 에너지가 차오르고 있는 덕인지 잠식 진행률이 느려지긴 했지만 그래도 위험한 수치다.

메시지 창을 치운 신혁돈은 곧바로 몸을 돌려 자신에게 날아오는 하피들을 바라보았다.

하피들이 움찔한 순간.

신혁돈은 몸에 꽂혀 있는 창을 모조리 뽑아 하피들에게 던진 뒤 모두의 벗의 효과인 중급 치유를 발동시켰다.

순간 노란빛이 터져 나오며 신혁돈의 상처를 치유시켰다.

"피… 피해라!"

하피들은 중급 치유의 노란빛을 쇼크 웨이브의 빛이라 착각한 것인지 순간 신혁돈과 거리를 벌리며 물러섰다.

그 순간 신혁돈은 카무플라주를 발동시키며 날갯짓을 멈추었다.

세뿔가시벌레 특유의 드드드드거리는 날갯소리가 사라지

자 하피들은 당황하며 멈추어 섰다.

"멀리 도망가지 못했을 것이다! 창을 움직여!"

어떤 하피가 소리쳤고 하피들은 곧바로 아무렇게나 창을 움직이기 시작했다.

'멍청한 놈들.'

하피들은 신혁돈이 땅으로 내려갈 것이라고는 생각도 하지 못했는지 신혁돈이 사라진 주변을 중심으로 창을 휘두르고 있었다.

신혁돈은 날개를 넓게 펼친 채 활강을 시작했다.

신혁돈은 자신의 근처로 날아드는 몇 개의 창을 여유롭게 피하며 바닥으로 내려오기 시작했고 마치 낙하산을 멘 듯 바람에 휘적거리던 신혁돈은 곧 땅에 발을 디딜 수 있었다.

최대한 소리가 나지 않도록 발을 디딘 신혁돈은 하늘을 올려다보았다.

하피들은 아직도 신혁돈이 하늘에 있다고 생각하는지 하늘을 이 잡듯 뒤지고 있었다.

그것으로도 모자랐는지 삼각형인 대형을 사각형으로 만든 뒤 허공을 찔러가며 수색하고 있었다.

신혁돈은 들리지 않도록 작게 헛웃음을 흘린 뒤 그들에게서 시선을 떼고선 자신의 몸을 살폈다.

중급 치유를 통해 회복하긴 했지만 열 개가 넘는 창이 꽂

혔던 터라 걸을 때마다 온몸이 찢어질 듯 아파왔다.

그렇다고 잠식이 99%를 향해 가고 있는 와중에 에르그 에너지를 사용해 치유 마법진을 발동시킬 수도 없는 노릇.

신혁돈은 이를 악문 뒤 자신을 기다리고 있을 일행을 향해 걷기 시작했다.

*   *   *

도시락의 등에 누운 채 쉬고 있던 윤태수가 몸을 일으키며 말했다.

"고르곤의 분노, 이거 다 좋은데 에르그 에너지를 너무 많이 잡아먹습니다."

"배부른 소리. 그만한 위력을 내는 스킬이 에르그 에너지도 안 잡아먹으면 그야말로 사기지."

"에픽 아이템인데 그 정도는 해줘야 하지 않겠습니까?"

듣다 보니 결국 지 자랑이다.

백종화는 쯧 하고 혀를 찬 뒤 뒤편을 바라보았다.

"그러고 보니 형님이 좀 늦으십니다."

"알아서 오시겠지."

"하긴 그 양반이 하피한테 당할 리도 없고."

백종화의 시선을 따라 뒤편을 바라보던 윤태수는 뒤편을

향해 몸을 돌려 앉았다.

아직 해가 뜨지 않아 아무것도 보이지 않긴 했지만 어차피 안 보이는 상황이라면 차라리 신혁돈이 있는 방향을 보고 있는 게 마음 편하다.

"광역기를 하나 얻었다길래 별것 아닐 줄 알았더니 위력만 보자면 고르곤의 분노 뺨칠 정돕니다."

"그랬지."

몇 백 미터 밖에서 펼쳐진 스킬을 눈으로 본 것만으로도 그 위력을 알 수 있었다.

바로 앞에 있던 하피들은 시체조차 찾을 수 없을 정도로 곤죽이 되었고, 좀 멀리 있던 하피들조차 충격파에 걸레짝이 되어버리는 위력.

그 장면을 생각하던 윤태수는 고개를 휘휘 젓고선 물었다.

"얼마나 더 걸립니까?"

"내가 네비냐?"

일곱 번째 시련에 들어와 처음 맞는 밤.

지구에서는 당연히 보였던 달이 뜨지 않자 100m 앞도 보이지 않을 정도로 어두워졌다. 그나마 별들이 있어서 다행이지, 그것조차 없었다면 정말 한 치 앞도 보이지 않았을 것이다.

게다가 자의로 들어온 차원이 아닌, 아이가투스에게 끌려온 차원이다.

끌려오는 과정 중, 가이아는 아무것도 해주지 못했다.

결국 가이아는 마왕들의 행동에 개입할 수 없다는 뜻이고, 세 마리의 하피를 죽이고 클리어한다 한들 지구로 돌아갈 수 있을지 자체가 미지수인 것이다.

아무리 강심장을 가진 이들이라 해도 이런 상황에 평정심을 유지하는 것은 겉모습뿐이다.

그것을 느끼고 있는 윤태수가 말했다.

"오늘따라 날카로우시네. 그럴 땐 이게 직빵이지 말입니다."

툴툴거린 윤태수는 백종화의 곁으로 오더니 아공간에서 무언가를 꺼내들었다.

초록색 병에 빨간 스티커.

소주였다.

"하, 미친놈······."

"둘이 반 병씩만 마십시다."

욕을 하면서도 싫진 않은지 백종화가 손을 내밀었고, 씩 미소를 지은 윤태수가 아공간에 종이컵 두 잔을 꺼내들었다.

"하피 놈들, 오늘은 정비하고 뭐 하고 하느라 안 올 겁니다."

윤태수는 흔들리는 도시락의 등 위에서도 재주 좋게 종이

컵에 소주를 따랐다.

"안주는?"

"너무 많은 걸 바라시는 거 아닙니까?"

"됐다, 인마."

윤태수는 낄낄거리더니 아공간에서 캔 육포 하나를 꺼냈다.

그 모습을 본 백종화 또한 헛웃음을 터뜨리고 말았다.

"그 옛날 일본 만화 중에 너 같은 너구리 하나 있었는데."

"아아, 기억납니다. 그 배에 있는 주머니에서 별걸 다 꺼내는 파란 로봇 말하는 거지 말입니다?"

"그래, 그거."

피식 한숨을 흘린 백종화가 잔을 들었고 윤태수가 잔을 마주쳤다.

두 사람은 별다른 말도 없이 종이컵 한 잔을 원 샷 한 뒤 육포를 꺼내 씹었다.

윤태수가 다시 잔을 채우는 사이 백종화가 하늘을 바라보며 말했다.

"별일 없겠지."

"혁돈 형님 말입니까? 제가 살면서 깨달은 게 있습니다. 세상 살면서 걱정 안 해도 될 부류가 딱 둘 있는데, 하나는 연예인들이고 둘째가 혁돈 형님입니다."

결국 백종화가 웃음을 터뜨렸다.

"그거 말고 인마, 우리."

"우리? 패러독스 말입니까?"

"그래."

시종일관 낄낄거리던 윤태수가 백종화에게 가득 채운 잔을 내밀며 말했다.

"솔직히 모르겠습니다."

방금보다 낮아진 목소리 톤에 백종화가 윤태수를 바라보았다. 윤태수는 육포 하나를 꺼내 씹으며 하늘을 올려보았다.

"이제 다섯 달입니다. 혁돈 형님 만난 지. 근데 말입니다. 제가 지금껏 살아온 세월보다 그 다섯 달이 더 길게 느껴집니다."

씹 하고 입맛을 다신 윤태수가 소주를 홀짝인 뒤 말을 이었다.

"다섯 달 동안 정말 많은 일이 있었습니다. 몇 번은 죽을 뻔도 하고 뭐 그렇습니다만. 뭐랄까… 살아 있는 걸 느낍니다. 내가 하는 일에 대한 자긍심? 자부심? 뭐 그런 것도 생겼습니다."

소주 두 잔밖에 마시지 않았는데 벌써 취기가 오르는 느낌이다. 아무리 종이컵이라지만 이 정도에 취할 윤태수가 아니다.

"취했나 봅니다."

"분위기가 그러네."

윤태수는 남은 잔의 소주를 홀랑 털어 마시고는 크으으 하고 긴 숨을 내쉬었다.

"어쨌거나 결론은 당장 내일 죽는다 해도 후회는 없습니다. 그리고 형님 말대로 별일 있겠습니까."

"그것도 그렇다."

백종화는 들고 있는 종이컵을 내려다보았다. 소주를 먹은 종이컵이 눅눅해져 손끝이 축축하다.

윤태수를 따라 한 잔을 그대로 입안에 털어 넣은 백종화는 육포 하나를 집은 뒤 말했다.

"내 생각에는 마음대로 죽지도 못할 거 같다."

무슨 말인가 하고 백종화를 바라본 윤태수는 그의 눈에 섞인 장난기를 읽고선 또다시 낄낄거리며 웃었다.

"하긴 혁돈 형님 성격에 죽게 두지도 않을 겁니다. 아, 그거 기억나십니까? 백차의 차원에서 혁돈 형님이 중국인 두 명 차원문 밖으로 던지던 거."

"기억나지."

윤태수가 말을 잠깐 끊고 소주병을 들었다.

"어? 벌써 없네."

"막잔 하자."

윤태수는 아쉬운 듯 입맛을 다신 뒤 '그럽시다'라고 답했다. 그리곤 두 개의 잔에 정확히 반씩 따른 뒤 말했다.

"원래 그 양반을 믿긴 했는데, 그 양반을 대신해 목숨을 던질 정도는 아니었습니다. 한데 그 장면을 보는 순간 뭔가 딱 왔습니다. 사나이 심금을 울리는 그런 느낌?"

백종화가 이해한다는 듯 고개를 끄덕이자 윤태수가 크~ 하고 추임새를 넣었다.

"내가 죽을 위기에 처하더라도 저 양반은 몸을 던져서 나를 구하겠구나. 하는 그런 생각이 드니까 나도 그럴 수 있을 것 같다는 생각이 들었습니다."

백종화는 하늘을 보던 시선을 돌려 윤태수에게 던졌다.

"나는?"

"형님 말입니까? 에이, 형님은 아직 그 정도는 아니지 말입니다."

백종화는 너무나 솔직한 대답에 뭐라 말할 기운조차 나지 않아 풀썩 웃고 말았다. 뭐가 그리 재밌는지 한껏 웃음을 토한 윤태수는 소주병을 대충 밀어놓고선 도시락의 등 위에 벌러덩 누웠다.

잠깐 동안 말없이 하늘을 바라보던 백종화가 입을 열었다.

"…고맙다."

"나도 고맙습니다."

"그래."

두 사람의 시선이 달도 없는 하늘로 향했고 기분 좋은 침묵은 도착할 때까지 계속되었다.

*   *   *

하늘거북의 등 위에 지어진 하피들의 도시에서 휴식을 취하고 있던 이남정의 시선 또한 하늘에 고정되어 있었다.

시골에서나 볼 법한 청정한 하늘에 달이 없는 걸 보고 있자니 묘한 기분이 스멀스멀 올라오며 한 사람의 얼굴이 불쑥 머릿속으로 들어왔다.

"…젠장."

시원하게 복수를 해줬음에도 불쑥불쑥 떠오르는 얼굴은 항상 기분을 잡쳐놓는다.

이남정은 몸이라도 움직여 기분을 털어내기 위해 자리에서 일어섰다.

그때 하늘 너머로 날아오는 도시락의 모습을 발견했다.

도시락이 다가오는 것을 발견한 이남정이 길드원들을 불렀고 곧 하늘거북의 등 위로 도시락이 내려왔다.

도시락에서 두 사람이 내리는 것을 확인한 김민희가 물었다.

"아저씨는요?"

"오고 있을걸."

"…예?"

"우리 탈출하는 동안 시간 끌고 있었거든. 지금쯤 탈출해서 날아오고 있을 테니 금방 올 거다."

김민희는 이해가 되지 않는다는 듯 미간을 구겼다.

"아니, 그러니까… 지금 두 분 탈출시키느라 아저씨가 미끼가 되셨다는 뜻이에요?"

"정리하자면 그렇지."

"구하러 가야 하는 거 아니에요?"

윤태수는 어느새 자리 잡고 앉은 도시락의 깃털을 톡톡 털어주며 말했다.

"그 양반이 위험에 처했으면 이놈이 먼저 날아갔겠지."

듣고 보니 맞는 말이다.

그 순간 졸린 눈으로 깃털을 고르고 있던 도시락이 고개를 번쩍 들었다.

"뭐야?"

"까악."

짧은 울음.

"뭔데?"

새의 말을 알아들을 수도 없고, 그렇다고 이놈이 한국어를 말하게 할 수도 없으니 답답한 노릇이다.

도시락은 날개를 펄럭이며 깍깍거렸지만 당최 무슨 뜻인지를 알아들을 수 없었다.

그때.

드드드드

익숙한 날갯소리가 모두의 귓가에 울렸다.

"아, 저 양반 온다고?"

"깍깍."

도시락이 힘차게 고개를 끄덕였고 모두가 허탈하다는 듯 웃었다.

그리고 얼마 지나지 않아 세뿔가시벌레의 모습을 한 신혁돈이 하늘거북의 등에 올랐다.

땅에 발을 디딘 신혁돈이 몬스터 폼을 해체한 뒤 모여 있는 이들을 보곤 말했다.

"왜 모여 있어?"

"어… 어떻게 됐는지 궁금해서요."

"얼추 200마리 정도 잡았다. 패턴은 서른. 지휘관도 잡았고. 오늘 밤은 안전해."

밤이라 해봤자 몇 시간 남지 않긴 했지만 어쨌거나 안전하다는 말에 몇몇이 안도의 한숨을 내쉬었다.

신혁돈은 내친김에 헤이톤의 호의를 사용해 지도를 띄운

뒤 하피들의 위치를 확인해 보았다.

하피들은 아직까지도 신혁돈을 찾는지 팀을 나누어 주변을 샅샅이 뒤지고 있었다.

꼴을 보아하니 오늘 밤이 아니라 내일 밤까지도 안전할 것 같다는 생각이 들었지만 굳이 말로 꺼내진 않았다.

"이제 가서 자라. 오늘 불침번은 윤태수와 백종화가 2교대로 설 거니까 그렇게 알고."

갑작스러운 말에 지목당한 두 사람이 눈을 동그랗게 떴다.

그러자 신혁돈이 어깨를 주무르며 말했다.

"너희, 소주 마셨지."

윤태수는 살아나갈 구멍을 찾는 생쥐의 눈을 하고 백종화를 바라보았다. 눈길을 받은 백종화는 짧게 한숨을 토하고선 답했다.

"…예."

갑갑한 마음을 풀기 위해서라지만 이곳은 전장이다.

언제 어디서 괴물이 나타나 목숨을 가져가도 이상하지 않은 곳. 아무리 취하지 않을 정도로 마셨다지만 술을 마시는 건 분명히 어긋난 행동이다.

"죄송……."

백종화가 죄송하다 말하려는 순간. 신혁돈이 손을 휘휘 저은 뒤 말했다.

"됐고, 불침번이나 서라."

"예."

두 사람이 대답하자 신혁돈은 근처에 있는 하피의 집으로 들어가 누워버렸다.

그러자 술은 입에도 대지 못한 네 남자의 시선이 두 사람에게로 향했다.

부러움과 질투가 적절히 섞인 시선에 두 사람은 딴청을 하며 하늘로 시선을 던졌다.

*   *   *

달이 없는 탓인지 뭔지는 모르겠지만 밤은 지구보다 짧았다.

2시간씩 교대로 잠을 자며 불침번을 서던 윤태수와 백종화는 해가 뜨고 나서는 잠을 자는 것을 포기하고 이것저것 이야기를 나누었다.

둘 덕에 해가 중천에 뜰 때까지 휴식을 취한 이들이 하나둘씩 건물 밖으로 나왔고, 마지막으로 신혁돈까지 나오자 가져온 식량으로 아침을 때웠다.

그들이 먹는 것을 지켜보던 신혁돈이 헤이톤의 호의를 발동시켜 지도를 띄운 뒤 말했다.

"지금 이동하는 속도대로 간다면 사흘 뒤 켈라이노가 있는 섬에 도착한다."

여섯 남매와 약속한 기간은 스무 날. 이제 하루가 지났으니 열아홉 날이 남았다.

"여섯 남매와 스무 날을 약속했던 것은 하피 세 자매가 우리가 함께 쳐들어가는 것을 모르게 하기 위해서였다. 한데 출발을 하기도 전에 그쪽에서 알고 공격을 했으니 시간을 맞춰 공격하는 게 의미가 없어졌어."

윤태수가 씹던 것을 꿀떡 넘기고선 말했다.

"어차피 하늘거북들 하나씩 깨우면서 가야 하니까 그 정도 기간은 걸리지 않겠습니까?"

신혁돈은 지도의 한곳을 가리키며 말했다.

"하피들 또한 그렇게 생각할 거다. 하늘거북을 깨울수록 우리의 전력이 강해질 테니 그것을 막기 위해 필사적으로 움직일 테지."

윤태수는 젓가락을 쥔 채로 턱을 문질렀다.

"그건 그렇습니다. 그럼 먼저 칠 생각이십니까?"

"그래, 홍서현."

"응?"

"하피 세 자매 중 지략이 뛰어난 이가 있나?"

"하피는 선천적으로 새대가리라 지략이 뛰어나다고 하긴

힘들지만, 개중에 덜 멍청한 하피를 뽑자면 켈라이노, 지략이
뛰어나다기보다는 영악하다는 표현이 어울리긴 해."

그렇다면 더욱 신혁돈의 작전이 먹힐 가능성이 높다.

자신이 상대보다 뛰어나다 생각하고 상대를 무시할수록
자신이 펼친 작전이 완벽하다 믿게 마련이다.

신혁돈은 천천히 고개를 끄덕인 뒤 짝하고 박수를 쳐 시선
을 모았다.

"좋아. 작전은 이렇다."

아직 밥도 다 못 먹은 이들이 입술을 비죽였지만 신혁돈
은 신경도 쓰지 않은 채 작전을 설명하기 시작했다.

                    *   *   *

도시락을 등에 태운 하늘거북이 높다는 말로 모자랄 정도
의 고도의 하늘까지 올라갔다.

구름마저 발아래 둔 길드원들은 옹기종기 모여 앉아 주변
을 감상하고 있었다.

"슬슬 숨이 막힐 때가 됐는데."

윤태수의 말에 길드원 전원이 숨 쉬는 것을 의식하게 되자
사방에서 숨소리가 터져 나왔다.

해괴한 광경에 백종화가 헛웃음을 흘리며 말했다.

"산소가 모자라려면 진즉에 모자랐어야 돼. 이미 산소가 모자란 고도는 지났다."

"…그런가?"

구름 사이로 보이는 땅과의 거리를 재보면 얼추 10㎞는 될 것 같았다. 그만큼 높이 올라왔으니 숨을 쉬기 힘들 법도 한데 아무런 지장 없이 숨이 쉬어진다.

"이 차원의 공기가 특이하거나 우리가 특이한 거겠지."

백종화의 결론에 윤태수는 고개를 끄덕였다.

그쪽에 전문가가 있는 것도 아니고 숨을 쉴 수 없는 것도 아닌데 굳이 고민할 필요가 없기 때문이다.

"그래도 춥긴 합니다."

윤태수가 징징거리자 신혁돈이 말을 받았다.

"얼어 죽어야 정상인 와중에 추운 걸로 끝나는 걸 다행으로 여겨야지."

"불이라도 피워야 하지 않겠습니까?"

신혁돈은 고개를 휘휘 저은 뒤 일행의 근처에 있는 바위 하나를 가리킨 뒤 말했다.

"종화야. 데워라."

"…바위를 말입니까?"

신혁돈은 뭘 묻냐는 듯 고개를 끄덕였고 백종화는 바위로 다가가 손을 올리고선 정신을 집중했다.

몇 초 정도 지나자 바위에서 뜨끈한 기운이 올라오기 시작했고, 추위를 느끼고 있던 길드원들이 그 바위 근처로 모여들었다.

"그런 방법이?"

"연기는 수 킬로미터 밖에서도 보인다."

바위에 등을 대고 앉은 윤태수가 물었다.

"얼마나 더 가야 합니까?"

"이틀."

하피들은, 아니, 날개가 달린 것들은 보통 하늘을 보며 날아다니지 않는다. 먹이를 찾거나 경계를 하기 위해 땅을 보고 다니는 것이 일반적이다.

그렇기에 눈에 보이지도 않을 정도로 높은 고도를 잡고 날아가고 있는 것이다.

가만히 앉아 있던 윤태수가 아공간에서 긴 창을 꺼내들었다.

"그거 하피의 창 아닙니까?"

멍하니 하늘을 보고 있던 이남정이 물었고 윤태수가 고개를 끄덕이며 말했다.

"하도 던져대기에 몇 개 주워뒀습니다. 이걸 다룰 수 있으면 좋을 것 같아서 말입니다. 하나 드립니까?"

윤태수의 말에 세 떨거지들과 이남정이 그에게 다가가 하피의 창을 하나씩 받아들었다.

총 다섯 명의 시커먼 사내놈이 바위에 등을 대고 앉아 창을 조물딱거리기 시작했다.

*   *   *

도중에 높이 떠있는 감시탑과도 같은 부유섬 하나를 만나 고도를 더욱 높였던 일을 빼고는 별다른 일 없이 이틀이 지났다.

그사이 이남정과 윤태수, 그리고 세 떨거지는 하피의 창을 들고 원거리 대련을 할 정도로 익숙해졌다.

창의 컨트롤은 의외로 간단했다.

에르그 에너지를 충분히 집어넣은 뒤 연결이 끊어지지 않도록 세밀한 조종을 할 줄만 알면 창이 알아서 떠올랐기 때문이다.

윤태수와 세 떨거지가 창 하나를 다루며 쩔쩔맬 때 이남정은 두 개의 창을 자유자재로 다루며 계단처럼 사용하기까지 했다.

그 모습을 본 윤태수는 자극을 받은 것인지 잠도 줄여가며 연습을 했지만 하나를 자유자재로 다루는 데에서 그쳤다.

김민희 또한 심심했는지 그들과 함께 하피의 창을 다뤄보려 했으나 윤태수의 머리를 뚫을 뻔한 이후로 포기했다.

다섯 사내가 창을 가지고 노는 것을 본 메이지들은 각자의 스킬을 연습했고 신혁돈은 헤이톤의 호의로 지도를 불러내 사용 방법을 연구하며 시간을 보냈다.

그리고 지금.

"도착이다."

지도를 보고 있던 신혁돈이 나지막한 목소리로 말했고 구에 시선을 집중하고 있던 이들이 찌뿌등한 몸을 풀기 시작했다.

"현재 위치는 첫째 섬 상공 5km."

모든 하늘거북의 어미보단 작지만 다른 하늘거북들에 비하면 몇 배는 커다란 하늘거북 세 마리를 일컬어 세쌍둥이 하늘거북이라 부른다.

개중 켈라이노가 둥지를 튼 섬이 바로 세쌍둥이 중 첫째 하늘거북의 섬이다.

그렇기에 신혁돈 일행은 켈라이노가 있는 섬을 첫째 섬이라 부르고 있었다.

"수직으로 떨어지면 3분 안에 도착할 수 있다."

아무리 켈라이노라 한들 자기의 머리 위로 떨어지면서 공격을 시작할 것이라곤 생각하지 못할 것이다.

게다가 신혁돈은 헤이톤의 호의를 통해 켈라이노의 섬의

동태를 완벽히 파악하고 있었다.

원래는 수천 마리의 하피가 있는 곳이지만 지금은 신혁돈 일행이 다른 부유섬을 차지하는 것을 막기 위해 80%가량의 하피를 파견시킨 상태다.

즉, 천 마리도 남아 있지 않은 상황.

"작전은 간단하다. 내가 첫째 하늘거북을 깨우는 동안 너희가 시선을 끈다. 그리고 하늘거북이 깨어나는 순간 나와 함께 켈라이노를 친다."

말은 간단하지만 켈라이노가 어떤 힘을 가진지도 모르고, 첫째 하늘거북이 얼마나 빨리 깨어날지도 모르는 상황이다.

아무런 확신도 없이 작전을 감행해야 하기에 불안감이 드는 것이 당연하지만 길드원 중 누구도 불안한 감정을 보이지 않고 있었다.

그들의 눈에는 곧 있을 전투에 대한 묘한 흥분과 설렘, 그리고 약간의 긴장이 섞여 있었다.

일곱 번째 시련에 들어온 이후 제대로 싸운 적이 없었다.

모든 전투는 신혁돈 혹은 도시락이 주도해 끝나 버렸기 때문. 그렇기에 자의로 온 것이 아닌 아이가투스에 의하여 끌려온 분노 또한 풀 곳을 찾지 못하고 있던 차.

드디어 분노와 스트레스를 해소할 적을 찾은 것에 대한 기쁨이 모든 감정을 누를 정도로 컸다.

그들의 눈빛을 확인한 신혁돈은 괜한 걱정을 털어버리곤 말했다.

"도시락을 타고 강하한다."

일행이 도시락의 등에 오르자 신혁돈은 세뿔가시벌레 몬스터 폼을 발동시켰다.

첫째 하늘거북의 심장은 다른 이들과 똑같이 하피들의 도시 정중앙에 있는 거대한 건물 속에 있었다.

지붕이 없는 하피들의 건물 특성상 카무플라주를 쓴 신혁돈은 아무런 방해도 받지 않고 심장에 접근해 동화를 사용할 수 있을 것이다.

문제는 이상한 것을 눈치챈 켈라이노가 무슨 수를 부릴지 모른다는 것.

그러니 시선을 끌어줄 필요가 있는 것이다.

일행들이 전부 도시락의 등에 오른 것을 확인한 신혁돈은 하늘거북에게 명령했다.

'먼저 아래로 내려가 시선을 끌어라.'

커다란 머리를 두어 번 주억거린 하늘거북은 곧바로 강하하기 시작했다.

그 모습을 확인한 신혁돈이 말했다.

"먼저 간다."

"예."

"조심하십쇼."

"가이아의 축복."

여러 인사말이 끝나고 신혁돈의 몸으로 가이아의 축복이 깃들었다.

"너희도 조심해라."

몸에 활력이 넘치는 것을 확인한 신혁돈은 곧바로 카무플라주를 사용하며 첫째 섬을 향해 강하하기 시작했다.

*　　　　*　　　　*

켈라이노 섬이 눈에 들어온 순간 신혁돈은 날갯짓을 멈추고 날개를 활짝 폈다.

그러자 둥그런 겹날개가 낙하산처럼 펼쳐지며 속도가 줄어들기 시작했고, 신혁돈은 천천히 섬을 살피며 고도를 낮추었다.

거의 1㎞ 상공에 있는데도 눈에 가득 찰 정도로 거대한 섬의 모습에 신혁돈은 혀를 내둘렀다.

도대체 어떻게 되먹은 생물이기에 이런 크기까지 성장할 수 있는 거지?

브리아레오스나 고르곤 열 마리가 동시에 뛰어 놀아도 될 정도의 크기다.

고개를 휘휘 저어 잡생각을 털어낸 신혁돈은 섬의 중심에 있는 거대한 구조물을 바라보았다.

역시나 지붕은 없었고 그 사이로 어지간한 집 한 채만 한 붉은 덩어리가 박동하고 있었다.

'심장이군.'

덩치가 큰 덕인지 심장 또한 어마어마한 크기를 자랑하고 있었다.

심장의 위치를 확인한 신혁돈은 천천히 낙하 위치를 계산하며 주위를 둘러보았다. 여자와 아이들이 있을 법도 한데 보이는 것은 전부 창을 든 남자 하피들뿐이었다.

그렇다고 하피가 자웅동체는 아닐 테니 여자와 아이들은 어딘가에 따로 모여 있다는 뜻이 된다.

대충 눈대중으로 보이는 하피의 수만 세어봤는데도 몇 백은 가뿐히 넘는 수가 보였다.

'켈라이노는 어디에 있지?'

제일 중요한 켈라이노가 보이지 않는다.

심장과 신혁돈의 거리가 500m 정도 남았을 때.

"하늘거북이 나타났다!"

그제야 하늘거북을 발견한 하피들이 부산스럽게 떠들더니 진형을 갖추고 날아가기 시작했다.

'타이밍 좋군.'

이렇게 쉽게 풀릴 줄이야.

신혁돈은 소리가 나지 않게 조심조심 날개를 움직이며 심장의 위로 내려왔다.

심장에 발을 디딘 순간.

신혁돈은 동화를 사용했고, 그곳에 서 있던 신혁돈은 형체도 남지 않고 사라졌다.

*　　　　*　　　　*

이제 몇 번 해본 덕인지 전처럼 어지럽거나 무엇을 해야 할지 모르고 방황하는 일은 없었다.

신혁돈은 빠르게 첫째 하늘거북의 기억을 살피면서도 네 개의 다리. 그리고 머리를 움직이기 위해 애를 썼다.

하지만 첫째 하늘거북은 다른 하늘거북들보다 오래 굳어 있던 탓인지 힘 자체가 들어가지 않았다.

마치 다리가 없는 느낌.

쯧.

한시가 급한 상황이지만 재촉한다고 될 일이 아니다. 신혁돈은 천천히 차근차근 온몸의 감각을 깨워갔다.

그러면서도 기억을 읽는 것은 멈추지 않았다.

'일단 다리 하나.'

앞다리 하나의 감각이 조금씩 살아났다.

꿈틀.

그르르르르르르르릉.

아주 조금 움직인 것만으로 등에 얹어진 하피들의 도시에 지진이라도 난 듯 요동치기 시작했다.

멈출 필요가 없는 신혁돈은 더욱 격하게 움직이며 앞발의 감각을 찾았고, 곧이어 나머지 앞발 두 개의 감각을 모두 찾았다.

문제는 머리.

아직 눈도 뜨지 못했다.

눈에 힘이라도 주기 위해 애를 쓴 순간.

기억 속에서 한 문장이 떠올랐다.

—…그녀가 오고 있다. 그전에…….

'뭐?'

그 순간.

마치 눈앞에서 해가 떠오르기라도 한 듯 환한 빛과 함께 영상과도 같은 기억이 재생되었다.

수많은 하피와 몇 되지 않는 하늘거북들이 결사의 항전을 벌이고 있었다.

—안 돼!

하나씩 죽어가는 하늘거북들을 보고 있던 첫째 하늘거북이 거세게 포효하며 바람을 토해냈다.

태풍과도 같은 엄청난 에르그 에너지가 수백의 하피를 갈가리 찢어버렸지만 하피들은 셀 수조차 없이 많았다.

첫째 하늘거북은 분노를 토하듯 계속해서 바람을 토해냈고, 그때마다 엄청난 수의 하피들이 죽어나갔다.

그러던 어느 순간.

빈 하늘에 먹구름이 피어올랐다.

먹구름은 마치 하늘에 물감을 부은 듯 빠르게 퍼졌고, 어느 순간 먹구름 사이로 새카만 구멍이 나타났다.

먹구름이 가진 알 수 없는 힘을 눈치챈 첫째 하늘거북이 먹구름을 향해 거센 폭풍을 토해낸 순간 새카만 구멍에서 검은 깃털을 가진 하피가 튀어나와 공격을 막아냈다.

어디선가 본 듯한 모양새.

'…텐구의 기술과 비슷하다.'

검은 깃털의 하피는 공격을 막아내는 것으로 멈추지 않고 곧바로 첫째 하늘거북에게로 달려들었고, 그 순간 기억이 끊겨버렸다.

기억의 재생이 끝남과 동시에 다시 한 번 목소리가 들려왔다.

—조금만 더…….

아까보다 또렷한 목소리.

신혁돈의 머릿속에 목소리가 울림과 동시에 하늘거북의 눈이 뜨였다. 그리곤 온몸에 활력이 돌 듯 에르그 에너지가 들끓기 시작했다.

느껴본 적 없는 어마어마한 양의 에르그 에너지가 등에 있는 심장에서부터 요동쳤고, 이내 온몸을 감싸 올랐다.

드드드드드드드!

그와 동시에 엄청난 지진이 일어나며 첫째 하늘거북이 몸을 뒤틀기 시작했다.

그의 네 발을 묶고 있던 바위들이 무너지며 땅으로 떨어지고 머리를 막고 있던 돌 또한 부서져 내렸다.

그 여파에 하피들의 도시까지 무너지기 시작했고, 놀란 하피들이 높게 날아오르며 경악을 토했다.

'깨어난 것인가?'

알 수 없는 감정들이 신혁돈의 머릿속으로 흘러들어왔다.

분노, 공포, 두려움, 복수심, 후회, 그리고 감사.

마지막 감정을 느낀 순간. 신혁돈은 동화를 풀고 자신의 몸으로 돌아왔다.

그 순간.

"그어어어어어어어어!"

완벽히 깨어난 첫째 하늘거북이 하늘이 찢어지고 땅이 울릴 만큼 거대한 포효를 뱉어냈다.

『괴물 포식자』 7권에서 계속…

초대형 24시 만화방

신간 100%, 샤워실, 흡연실, 수면실(침대석), 커플석, 세탁기 완비

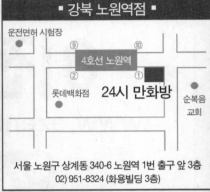

■ 강북 노원역점 ■

서울 노원구 상계동 340-6 노원역 1번 출구 앞 3층
02) 951-8324 (화용빌딩 3층)

■ 일산 정발산역점 ■

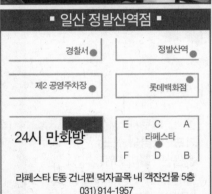

라페스타 E동 건너편 먹자골목 내 객잔건물 5층
031) 914-1957

■ 일산 화정역점 ■

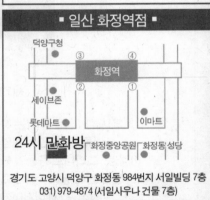

경기도 고양시 덕양구 화정동 984번지 서일빌딩 7층
031) 979-4874 (서일사우나 건물 7층)

■ 부천 역곡역점 ■

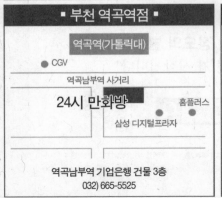

역곡남부역 기업은행 건물 3층
032) 665-5525

■ 부평역점 ■

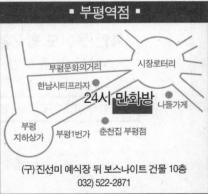

(구) 진선미 예식장 뒤 보스나이트 건물 10층
032) 522-2871

이경영 판타지 장편소설

FANTASY FRONTIER SPIRIT

그라니트

용들의 땅

G R A N I T E

사고로 위장된 사건에 의해 동료를 모두 잃고 서로를 만나게 된 '치프'와 '데스디아'.
사건의 이면에 장식을 벗어난 음모가 있음을 알게 된 둘은
동료들의 죽음을 가슴에 새긴 채 각자의 고향으로 돌아간다.
2년 후, 뜻하지 않게 다시 만난 두 사람은 동료들의 복수를 위해
개척용역회사 '그라니트 용역'을 설립해 다시금 그 땅을 찾게 되는데……

용들이 지배하는 땅 그라니트!
그곳에서 펼쳐지는 고대로부터 이어지는 운명적 만남,
깊어지는 오해, 그리고 채워지는 상처.

『가즈 나이트』시리즈 이경영 작가의 미래형 판타지 신작!

Book Publishing CHUNGEORAM

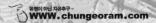

보신제일주의

FANTASTIC ORIENTAL HEROES

김용진 新무협 판타지 소설

황실 다음가는 권력을 지녔다고 하는
천문단가(千文圓家)에서 오대독자가 태어났다.
그리고 그 아이는 튼튼하게 자라났다.
…굉장히 튼튼하게.

『보신제일주의』

"다 큰 어른들도 하기 힘들어하는 수련인데
공자께서는 요령도 피우시지 않는군요. 대단합니다."
"건강하게 오래 살려면 해야 하는 일이니까요."

취미는 삼 뿌리 씹기, 약탕기는 생활필수품!
그리고 추구하는 건 오로지 보신(保身)!
하지만… 무림의 가혹한 은원은 피할 수 없다.

"각오완료(覺悟完了)다. 살아남아 주마!"

Book Publishing CHUNGEORAM

유행이 아닌 자유추구
WWW.chungeoram.com

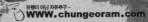

미러클
테이머

인기영 장편소설

FUSION FANTASTIC STORY

MIRACLE
TAMER

이계로 떨어져 최강, 최고의 테이머가 되었다.
그러나… 남은 것은 지독한 배신뿐.

배신의 끝에서 루아진은 고향, 지구로 되돌아오게 되는데…….
몬스터가 출몰하기 시작한 지구!
그리고 몬스터를 길들일 수 있는 테이머 루아진!
그 둘의 조합은……?

『미러클 테이머』

바야흐로 시작되는
테이머 루아진과 몬스터들의 알콩달콩한
대파괴의 서사시!!

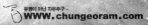

Publishing CHUNGEORAM

유행이 아닌 자유추구 -
WWW.chungeoram.com

이모탈 퓨전 판타지 소설
FUSION FANTASTIC STORY

용병들의 대지
Road of Mercenaries

이 세계엔 3개의 성역이 존재한다.
기사들의 성역, 에퀘스.
마법사들의 성역, 바벨의 탑.
그리고… 그들의 끊임없는 견제 속에 탄생하지 못한

『용병들의 대지』

전쟁터의 가장 밑을 뒹굴던 하급 용병 아론은
이차원의 자신을 살해하고 최강을 노릴 힘을 가지게 된다.

그의 앞으로 찾아온 새로운 인생!
아론은 전설로만 전해지던
용병들의 대지를 실현시킬 수 있을 것인가!

Book Publishing CHUNGEORAM

유행이아닌 자유추구
WWW.chungeoram.com

텀블러 장편소설

현대
천마록

천하를 호령하고, 전 무림을 통합한
일월신교의 교주 천하랑.
사람들은 그를 천마, 혹은 혈마대제라고 불렀다.

『현대 천마록』

무공의 끝은 불로불사가 되는 것이라 생각했지만
그로서도 자연의 섭리 앞에선 어쩔 수 없었다!

'그렇게 많은 피를 흘렸음에도 불구하고
죽을 때가 되니 남는 것이 없군그래.'

거듭된 고련 끝에 천하랑의 영혼이
존재하지 않게 된 그 순간
그의 영혼은 현세에서 천마로서 눈을 뜬다!

Book Publishing CHUNGEORAM

유행이 아닌 자유추구 -
WWW. chungeoram.com

FUSION FANTASTIC STORY

가프 장편소설

시크릿 메즈
SECRET MEZ

—너는 10,000개의 특별한 뉴런을 더하게 되었어.
매직 뉴런, 불멸의 뉴런이지.

실험실 알바를 통해 만난 '6번 뇌',
우연한 만남은 이강토를 신비의 세계로 이끈다.

『 시크릿 메즈 』

매직 뉴런을 탑재한 이강토의
정재계를 아우르는 좌충우돌 정의구현!
긴장하라, 당신이 누구든 운명은 이미 그의 손안에 있으니!

"무슨 꿍꿍이가 있는지, 어디 한번 봐볼까?"

Book Publishing CHUNGEORAM

유행이 아닌 자유추구 -
WWW.chungeoram.com